KB250039

오만과
편견

MINI BOOK
CLOUD
LIBRARY
05

오만과 편견

Pride and Prejudice

1

제인 오스틴 지음

안영준 옮김

생각뿔

차례

1

　재산이 꽤 많은 남자가 미혼이라면 반드시 아내를 구하려고 할 것이다. 이 사실은 누구나 인정할 수밖에 없는 진리다.
　만약에 이런 남자가 이웃이 된다면 동네 사람들은 당사자의 기분이나 생각을 고려하지 않고 이 진리를 너무 확그하게 여겨서, 자신들의 딸 가운데 한 명이 그 남자를 차지할 것으로 생각할지도 모른다.
　어느 날, 베넷 부인이 남편에게 말했다.
　"여보, 네더필드 저택에 들어올 사람이 정해졌다던더 소식 못 들으셨어요?"
　베넷 씨는 그런 소식을 듣지 못했다고 대답했다.
　"맞나 봐요. 방금 다녀간 롱 부인이 다 말해 주더군요."
　베넷 씨는 아무 말도 하지 않았다. 그러자 부인은 목소리를 높여서 말했다.

"어떤 사람이 오는지 궁금하지 않아요?"

"그렇게 말하고 싶소? 뭐, 못 들어줄 거야 없지."

베넷 씨가 이 정도의 반응을 보였다면 그것으로 충분했다.

"잘 들어 보세요. 당신도 꼭 아셔야 하니까요. 롱 부인이 그러는데 네더필드 저택에 들어올 청년은 북잉글랜드 출신이고 재산이 상당히 많대요. 지난 월요일에 사두마차를 타고 와서 집을 살펴보았는데 마음에 쏙 들었는지 바로 모리스 씨와 계약했다는 거예요. 미카엘 축일(대천사 미카엘의 축일(祝日)로 9월 29일이다.) 전에 들어올 계획이고, 다음 주말까지는 하인들이 먼저 온대요."

"그 사람 이름은 뭐요?"

"빙리라고 하던데요?"

"결혼은 했나? 아니면 미혼?"

"미혼이래요, 여보! 엄청나게 부자인 데다가 연 수입이 4, 5천 파운드나 된대요. 우리 애들한테 아주 잘된 일이지요."

"왜 그런 거지? 그게 우리 애들과 무슨 상관이 있다는 말이오?"

"아유, 당신은 왜 그리 무심한 거예요? 그 사람이 우리 딸 중 한 명과 결혼했으면 좋겠다는 의미지요."

"그 사람은 그럴 작정으로 이사를 오는 거요?"

"작정이라니요? 어떻게 그런 말씀을 하세요? 그 사람이 우리 딸 중 한 명과 연애하게 될 수도 있잖아요. 그러니까 그 사람이 이사 오면 바로 찾아가 봐야 해요."

"그렇게까지 해야 하나? 당신이나 애들과 함께 가 보구려. 아니면 애들끼리만 보내든지. 당신의 인물은 아직 애들한테도 밀리지 않으니 빙리 씨가 당신을 제일 마음에 들어 할지도 모르잖소."

"여보, 괜히 놀리지 마세요. 뭐, 저도 한때는 미모에 자신이 있었지만요. 지금은 그때의 미모라고 할 수 있나요. 다 큰 딸이 다섯이나 있으니 미모에 신경 쓸 겨를도 없고요."

"자식이 많으면 아무래도 미모에 신경 쓰기가 쉽진 않겠지."

"여보, 아무튼 빙리 씨가 이사 오면 꼭 만나고 오세요. 아시겠지요?"

"약속은 못 하겠으니 그리 알고 있구려."

"당신 딸들을 생각해 보세요. 빙리 씨가 우리 애 중 누군가를 마음에 들어 한다면 얼마나 훌륭한 결혼이 되겠어요? 윌리엄 루카스 경과 부인은 방문하기로 했나 봐요. 당신도 잘 아시겠지만, 그분들은 새로 이사 온 사람을 좀처럼 만나러 가지 않잖아요. 분명히 속셈이 있는 거예요. 그러니까 당신도 꼭 가셔야 한다고요. 당신이 안 가시는데 제가 어떻게 애들하고만 가겠어요?”

“당신 그렇게 소심했소? 내 생각에 그 청년은 당신을 보면 좋아할 거요. 그리고 우리 애들 가운데 누구와 결혼한다고 해도 무조건 승낙한다고 편지에 써서 주겠소. 아, 편지에 귀여운 리지(엘리자베스의 애칭)를 칭찬하는 말은 살짝 적어야겠지.”

“그렇게는 하지 마세요. 리지가 다른 애들보다 나은 점이 뭔가요? 제인보다 예쁜 것도 아니고, 리디아보다 상냥하지도 않잖아요. 그 애들의 반도 못 따라가는데, 당신은 리지만 특별히 귀여워하시니…….”

“그 애들이라고 확실하게 뛰어난 구석이 있어야지. 우리 애들이지만 하나같이 못나고 무식하단 말이오. 그중에 그래도 리지가 제일 영리하지.”

“여보, 어쩜 그렇게 심하게 말씀하시나요. 절 화나게 하는 게 그렇게 재밌어요? 제 예민한 신경이 불쌍하지도 않아요?”

“그건 오해야. 나는 당신의 신경을 오랜 친구처럼 존중한다고. 20년 가까이 당신의 신경을 건드리지 않으려고 무진장 노력했거든.”

"아, 제가 얼마나 고통을 겪고 있는지 당신은 몰라요."

"얼른 그 고통을 극복해서 연 수입이 4천이나 되는 청년들이 잔뜩 이사 오는 것을 볼 때까지 살아 주었으면 하오."

"그렇다고 해도 당신은 그들을 찾아가지 않을 거잖아요. 그러니 그런 청년 스무 명이 이사 온들 우리에게 무슨 소용이 있겠어요?"

"그거야 그때 가 보면 알겠지. 진짜 그런 청년 스무 명이 이사 온다면 전부 다 방문할 거요."

베넷 씨는 재주와 순발력이 뛰어나지만 냉소적이고 내성적인 성격도 지닌 인물이어서, 23년을 함께 살아온 그의 부인조차 남편의 성격을 제대로 파악하지 못했다. 하지만 부인의 마음을 헤아리는 것은 그다지 어렵지 않았다. 그녀는 깊이 배우지 못했고 이해력도 떨어지는 데다가 변덕이 심한 인물이었다. 마음에 들지 않는 일이 생기면 신경증 때문이라고 핑계를 대곤 했다. 부인의 일생에서 가장 중요한 일은 딸들을 결혼시키는 것이었고, 즐거운 일은 이웃집에 가서 수다를 떠는 것이었다.

베넷 씨는 아침 일찍부터 서둘러 빙리를 방문했다. 사실 그는 진작부터 빙리를 만나려고 했지만, 부인에게는 끝까지 방문하지 않겠다고 말했다. 그래서 부인은 남편이 빙리를 만나고 온 날 저녁까지도 그 사실을 모르고 있었다. 그날 저녁, 베넷 씨는 대화하던 중에 우연히 그 사실을 들키고 말았다.

베넷 씨는 모자를 장식하고 있던 둘째 딸에게 말을 건넸다.

"리지야, 빙리라는 청년도 그 장식을 마음에 들어 했으면 좋겠구나."

"그 사람을 만나지도 않을 텐데 취향을 어찌 알겠어요." 하고 베넷 부인이 퉁명스럽게 말했다.

"엄마, 벌써 잊으셨어요? 빙리 씨와는 무도회에서 만날 거예요. 롱 부인께서 소개해 주신다고 했는데……." 하그 엘리자베스가 말했다.

"롱 부인은 그럴 사람이 아니야. 자기도 조카가 두 명이나 있는데. 그 여자는 자기만 생각하고 겉치레가 심해서 난 기대 안 하련다."

"나 역시 마찬가지요. 롱 부인에게 기대를 하지 않겠다니, 이렇게 기쁠 수가."

남편의 말에 기분이 상한 베넷 부인은 괜히 키티(커서린의 애칭)를 야단쳤다.

"키티야, 그렇게 기침 좀 하지 마라! 엄마의 신경을 좀 생각해 주렴. 아주 정신이 사나워서 견딜 수가 없구나."

"키티는 기침을 조심스럽게 하지 않는구나. 때를 갖춰서 해야지." 하고 베넷 씨가 말했다. 그러자 키티가 짜증스러운 말투로 대답했다.

"저도 재미로 기침하는 건 아니에요."

"리지야, 다음 무도회는 언제 열리니?"

"보름 후에 열려요."

"맞아. 그렇지." 하고 어머니는 언성을 높여서 말했다. "그런데 롱 부인은 그 전날에나 돌아올 텐데 어떻게 빙티 씨를 소개해 주겠니. 빙리 씨를 만날 수조차 없을 테니 말이야."

“그러면 당신이 빙리 씨를 롱 부인에게 소개하면 되잖소.”

“그건 안 돼요, 여보. 나도 모르는데 그게 말이 되나요? 왜 그렇게 약을 올리는 거예요?”

“당신 생각이 깊은 건 정말 인정해 주어야겠군. 보름 동안의 교제라면 분명 짧긴 하지. 그 기간에 어떤 사람인지 얼마나 알 수 있겠어? 하지만 우리가 먼저 나서지 않으면 다른 사람이 가로채지 않을까? 롱 부인과 그 조카들도 기회를 얻게 되겠지. 그러니 당신이 하지 않는다면 결국 내가 나서야겠군. 롱 부인에게 친절을 베푸는 의미에서도 말이야.”

아버지의 말에 딸들의 눈이 동그랗게 변했다. 베넷 부인은 “정말 말도 안 돼! 말이 안 된다고!”라고 소리쳤다.

베넷 씨는 큰 목소리로 말했다.

“말이 안 된다니, 그게 무슨 의미요? 소개의 예의와 절차? 아니면 절차를 갖춰야 하는 거? 사람을 소개할 때는 최소한 필요한 예의와 절차가 있는 법이지. 그런 점에서 난 당신 말에는 수긍할 수가 없소. 메리야, 네 생각은 어떤지 궁금하구나. 넌 생각도 깊고 독서도 많이 하고, 또 인상적인 구절은 메모하는 습관이 있으니 말해 보렴.”

메리는 적절한 대답을 하고 싶었지만 아무것도 떠오르지 않았다.

"메리가 생각을 정리하는 동안 우리는 빙리 씨 이야기로 돌아갑시다." 하고 베넷 씨가 말했다.

"이제는 빙리라는 이름만 들어도 신물이 올라오네그."

"유감이군. 왜 미리 그렇게 말하지 않았소? 오늘 아침에라도 그 사실을 알았다면 그 사람을 절대 만나지 않았을 텐데. 일이 좀 안 풀리긴 했지만 어쩔 수 없지. 이미 그 사람을 만났으니 그냥 알고 지내는 수밖에……."

베넷 씨가 기대한 대로 가족들은 깜짝 놀랐다. 그중에서도 베넷 부인이 가장 놀란 것처럼 보였다. 흥분된 분위기가 조금 가라앉자, 부인은 그럴 줄 알았다며 말을 시작했다.

"여보, 당신은 정말 훌륭해요. 결국 제가 당신을 설득했을 테지만요. 딸들을 끔찍하게 아끼는 당신이 그런 기회를 놓칠 리가 없지요. 정말 너무 기쁘네요! 우리를 그렇게 감쪽같이 속이시다니. 오늘 아침에 그 집에 다녀오고도 어떻게 지금까지 한마디도 안 할 수가 있지요?"

"키티야, 이젠 편하게 언제든 기침해도 되겠구나."

베넷 씨는 키티에게 이렇게 말한 후 부인이 기뻐하는 모습을 더는 보고 싶지 않다는 표정으로 나가 버렸다.

"딸들아! 너희 아버지는 저토록 훌륭하시단다." 방문이 닫히자마자 부인이 말했다. "너희들이 아버지의 사랑에 제대로 보답할 수 있을지 의문이구나. 나 역시 마찬가지지만. 사실 나이가 들면 새로운 사람을 사귀는 게 좋지만은 않단다. 하지만 너희들을 위해서라면 무엇이든 할 거야. 리디아야, 네가 나이는 제일 어리지만 아마 다음 무도회 때 빙리 씨가 너에게 춤추자고 할 거야. 틀림없어.”

“전 조금도 두렵지 않아요! 나이는 제일 어려도 키는 가장 크니까요.” 하고 리디아가 밝은 목소리로 말했다.

그날 저녁, 베넷 부인과 딸들은 빙리가 언제쯤 그들의 집에 답례로 방문할지 예상해 보고, 식사는 언제쯤 같이하는 게 좋을지 상의하는 것으로 시간을 보냈다.

3

베넷 부인은 딸들의 도움을 받아 남편에게 빙리에 대한 질문을 계속했다. 하지만 아무리 애써도 만족할 만한 대답을 들을 수 없었다. 베넷 부인과 딸들은 직접 묻기도 하고, 전략을 바꾸어서 궁금한 사항을 빙 돌려서 물어보기도 했다. 하지만 베넷 씨는 그들의 전략에 말려들지 않았다. 결국 그들은 이웃에 사는 루카스 부인을 통해 정보를 얻는 수밖에 없었다. 루카스 부인은 그들에게 큰 도움을 주었다. 빙리는 젊은 데다가 무척 잘생겼으며 상냥하기까지 하고, 다음 무도회에 많은 친구를 데리고 온다는 소식을 들은 것이었다. 윌리엄 경은 이러한 빙리를 무척 마음에 들어 했다고 했다. 이 정도면 괜찮은 수확이었다. 더구나 빙리가 춤을 좋아한다면 사랑에 빠지는 것은 시간문제였다. 베넷 부인은 빙리의 마음을 빼앗을 수 있다는 희망에 사로잡혔다.

"우리 딸들 가운데 한 명은 네더필드에서 행복하게 살고, 다른 애들도 시집을 잘 간다면 전 더는 바랄 게 없겠어요."

베넷 부인이 남편에게 말했다.

며칠 후, 빙리는 답례로 베넷 씨 집에 방문해 10분가량 서재에 머물렀다. 그는 미인이라고 소문난 이 집 딸들을 잠깐이라도 보았으면 하는 기대를 품고 방문했지만, 딸들은 보지 못한 채 베넷 씨만 만나고 돌아갔다. 하지만 딸들은 그의 모습을 볼 수 있었다. 그들은 2층 창문을 통해 빙리가 푸른색 코트를 입고 검은 말을 타고 온 것을 확인했다.

그들은 바로 빙리에게 식사 초대장을 보냈다. 베넷 부인이 자신의 솜씨를 한껏 발휘할 수 있는 식단을 짜고 음식을 준비할 때쯤, 빙리에게 정중한 답이 왔다. 다음 날 런던에 갈 일이 생겨서 아쉽게도 초대를 받아들일 수 없다는 내용이었다. 베넷 부인은 크게 당황했다. 그녀는 빙리가 하트퍼드셔에 오자마자 바로 런던에 왜 가야 하는지 이해가 되지 않았다. 게다가 그가 다른 곳을 돌아다니느라 바빠서 네더필드에 제대로 정착하지 않으면 어쩌나 걱정되기 시작했다. 하지만 빙리가 런던에 가는 이유는 무도회에 참석할 사람들을 데리고 오기 위한 것이라는 루카스 부인의 말을 듣고서야 불안함을 떨칠 수 있었다. 그런데 빙리가 열두 명의 여자와 일곱 명의 남자를 데리고 온다는 소문이 돌았다. 딸들은 빙리가 많은 여자를 데리고 온다는 사실에 걱정했지만, 무도회 전날 그가 데리고 온 여자는 열두 명이 아니라 다섯 명의 누이와 한 명의 사촌 등 여섯 명뿐이었다는 이야기를 듣고서야 마음을 놓았다. 막상 무도회장에 도착했을 때는 빙리와 그의 두 누이, 매부 그리고 한 명의 젊은 남자까지 총 다섯 명만 볼 수 있었다.

빙리는 외모가 뛰어나고 유쾌했으며 예의가 바른 사람이었다. 그의 두 누이는 상류층의 세련됨을 잘 보여 주는 훌륭한 여성들이었다. 매부인 허스트 씨는 신사다운 남자였고, 빙리의 친구인 다아시는 체격이 좋고 잘생긴 데다가 기품 있는 태도를 갖춘 남자였다. 5분도 지나지 않아 다아시의 년 수입이 1만 파운드라는 이야기가 돌면서 그는 사람들의 주목을 받게 되었다. 남자들은 다아시가 잘생겼다고 칭찬했고, 여자들은 빙리보다 더 멋진 것 같다고 이야기했다. 하지간 그의 인기는 오래가지 않았다. 저녁 시간이 지나기도 전에 그가 거만하고 까탈스러운 성격의 소유자라는 사실이 드러났기 때문이다. 그는 더비셔에 있는 광활한 토지의 주인이었지만, 점점 대하기 불편한 사람으로 전락하면서 친구인 빙리과 비교조차 할 수 없는 인물이 되어 버렸다.

다아시와는 반대로 빙리는 금방 무도회에 참석한 사람들과 가까워졌다. 그는 시종일관 유쾌하고 솔직했으며, 쉬지 않고 춤추었다. 심지어 무도회가 너무 금방 끝났다고 화내면서 자기가 네더필드에서 무도회를 열겠다고 약속했다. 하지만 다아시는 허스트 부인, 그리고 빙리 양과 한 번씩 춤추었을 뿐 다른 여자를 소개받지도 않고, 남은 시간 동안 무도회장을 돌아다니다가 가끔 자신의 친구에게만 말을 걸었다. 사람들은 그를 불쾌하게 생각하며 다시는 이 동네에 오지 않기를 바랐다. 그중에서도 베넷 부인이 가장 그를 싫어했다. 그녀는 다아시의 모든 행동을 싫어했지만, 특히 그가 자신의 딸을 무시했다는 이유로 무척 화나 있었다.

여자 수보다 남자 수가 적어서 엘리자베스는 두 번이나 춤추지 못하고 그냥 자리에 앉아 있어야만 했다. 그동안 그녀 옆에는 다아시가 서 있었다. 그래서 그녀는 다아시와 빙리가 나누는 대화를 듣게 되었다. 빙리는 잠시 춤추는 것을 멈추고 친구에게 말했다.

"다아시, 춤을 안 추고 그렇게 혼자 서 있기만 할 거야? 자네에게도 서 있는 것보다 춤추는 게 더 좋을 텐데."

"별로 그러고 싶지 않아. 내가 친하지 않은 사람과 춤추는 걸 싫어한다는 건 자네도 알고 있지 않나? 그래서 이런 곳에서는 춤추는 것이 더욱 어렵지. 그건 나에게 벌을 주는 것과 같아. 더구나 자네 누이들은 이미 춤추고 있고."

"너무 까다롭게 굴지 마." 하고 빙리가 말했다. "으늘처럼 이렇게 훌륭한 아가씨들을 많이 만나 본 적이 없어. 상당한 미인도 몇 명 있고 말이야. 오늘처럼 즐겁게 시간을 브내기도 쉽지 않을걸."

"여기에서 상당한 미인이라면 자네와 춤추고 있는 아가씨뿐이잖아."

다아시는 베넷 씨의 맏딸을 쳐다보면서 말했다.

"저런 미인은 보기 드물지! 하지만 자네 뒤를 돌아보면 그 아가씨의 동생이 앉아 있어. 그녀도 예쁘장하고 상냥하게 보이는데? 내가 소개해 달라고 부탁해 볼까?"

"누구 말하는 건가?"

다아시는 고개를 돌려 엘리자베스를 보다가 그녀와 눈이 마주치자 얼른 시선을 돌리며 차갑게 말했다.

"뭐, 그럭저럭 괜찮긴 하지만 썩 예쁘지는 않군. 게다가 난 다른 남자들이 쳐다보지 않는 여자에게는 관심이 없어. 그러니 자네라도 즐거운 시간을 보냈으면 하네. 이렇게 나와 쓸데없이 시간을 보내지 말고."

빙리는 다아시의 말대로 했고, 다아시는 자리를 옮겼다.

엘리자베스는 이러한 다아시를 좋게 생각할 수 없었다. 하지만 그녀는 밝은 목소리로 다른 사람들에게 그 이야기를 들려주었다. 쾌활하고 장난기가 많은 엘리자베스는 그런 일이 재미있어서 못 참는 성격이었기 때문이다.

베넷 부인과 딸들에게 그날 저녁은 대체로 즐거운 시간이었다. 베넷 부인은 맏딸이 네더필드 사람들에게 인정받았다는 사실을 알게 되었다. 빙리는 두 번이나 그녀와 춤추었고, 그의 누이들도 그녀와 꽤 친해진 것처럼 보였다.

제인 역시 어머니처럼 만족스러워했고, 엘리자베스는 제인의 그러한 심정을 눈치챘다. 메리는 어떤 사람이 빙리 양에게 그녀가 이 근처에서 가장 기품 있는 여성이라고 이야기하는 것을 직접 들었다. 캐서린과 리디아는 파트너가 항상 있었던 것이 다행이라고 생각했다. 어쨌든 베넷 부인과 딸들은 기분 좋게 롱본으로 돌아왔다. 베넷 씨는 아직 자지 않고 있었다. 독서를 시작하면 시간이 어떻게 흘러가는지 모르는 데다가 이번 무도회가 그의 가족에게 중요한 일정이었던 만큼 그 역시 결과가 궁금했던 것이다. 베넷 씨는 새로 이사 온 빙리에 대한 아내의 기대가 싹 사라졌기를 바라고 있었다. 하지만 그는 바람과는 전혀 다른 이야기를 듣게 되었다. 방에 들어온 베넷 부인이 말했다.

"여보, 너무 즐거운 시간이었어요. 무도회도 훌륭했고요. 당신도 함께 갔더라면 좋았을 텐데. 모두가 제인이 아름답다고 칭찬했어요. 인기 최고였지요. 빙리 씨도 제인이 맘에 들었는지 두 사람은 두 번이나 같이 춤추었어요. 진짜 두 번이나 같이 춤추었다니까요! 그가 두 번이나 춤을 청한 사람은 제인뿐이었어요. 맨 처음에는 루카스 양에게 춤을 청하더라고요. 그걸 보고 있자니 얼마나 속이 타던지……. 다행히 루카스 양이 그다지 마음에 들지는 않은 것 같더라고요. 그는 제인이 다른 남자와 춤추는 것을 보고 많이 놀란 눈치더군요. 사람들한테 누구냐고 묻더니 우리 딸을 소개받은 후에는 두 번이나 춤추었어요. 그다음에는 킹 양과 춤추었고, 그다음에는 마리아 루카스 양하고 춤추고 나서 다시 제인과 춤추었지요. 그러고 나서 리지와 추었고 불랑제 춤은……."

아내의 이야기가 끊임없이 이어지자, 베넷 씨는 짜증스러운 말투로 아내의 말을 잘랐다.

"여보, 이제 그의 파트너 이야기는 그만하지 않겠소? 그 사람, 나를 생각하는 마음이 조금이라도 있었다면 훨씬 적게 춤추었을 텐데. 이럴 거였으면 처음 춤출 때 다리라도 다쳤으면 좋았을 거야!"

"어머, 말씀이 좀 심하시네요. 전 빙리 씨가 마음에 쏙 들더군요." 하고 베넷 부인은 계속해서 말했다. "그는 너무 미남이고, 그의 누이들도 매력적이더라고요. 차림새도 어찌나 우아하고 세련되었던지. 허스트 부인의 드레스에 달려 있던 레이스는요, 정말……."

베넷 씨는 아내가 더는 의상에 관해서 말하지 못하도록 막았다. 그러자 베넷 부인은 얼른 다아시에 관한 이야기로 화제를 돌렸다. 그녀는 다아시의 예의 없는 태도를 떠올리며 약간 과장되게 말했다.

"다아시 씨가 리지를 마음에 들어 하지 않았다고 해서 손해 본 건 아니에요. 끔찍하고 불쾌한 인간의 마음에 들어 봤자 뭐하겠어요? 어찌나 고상하고 잘난 척을 해 대던지 눈꼴사나워서 더는 볼 수가 없더군요. 함께 춤추고 싶을 만큼 잘생긴 것도 아니었는데 말이에요. 당신이 그곳에 있었다면 그의 거만함을 한 번에 꺾어 버릴 수 있었을 텐데, 너무 아쉽네요."

4

제인과 엘리자베스는 둘만 있게 되었다. 그러자 그때까지 빙리에 관한 이야기를 한마디도 하지 않았던 제인이 그를 떠올리며 행복한 표정으로 말했다.

"정말 완벽한 남자였어. 똑똑한 데다가 유쾌하고 성격도 좋았으니! 지금까지 그렇게 멋진 매너를 지닌 남자는 처음 봤어."

"잘생기기도 했고." 하고 엘리자베스가 말했다. "자신이 바란다고 미남이 되는 건 아닌데. 그런 점에서 완벽한 남자에 가깝긴 해."

"그가 두 번째로 춤을 청했을 때는 너무 기분이 좋았어. 하늘을 나는 것 같았다니까. 기대를 전혀 안 하고 있었거든."

"그래? 나는 그렇게 될 거라고 짐작했는데……. 언니랑 나는 이런 게 다르구나. 언니는 그런 상황에서 항상 놀라지만 나는 전혀 그러지 않거든. 그가 언니에게 춤을 두 번 청한 것은 너무 당연한 일 아니야? 언니는 무도회에 참석한 다른 여자들보다 훨씬 예쁘니까 그 사람도 그걸 알았겠지. 그러니까 그 사람이 잘해 준 거로 생각할 필요는 없어. 뭐, 어쨌든 그가 친절하고 좋은 사람인 건 사실이니 언니는 그 사람을 좋아해도 돼. 내가 기꺼이 허락할게. 지금까지 언니가 좋아했던 사람들은 뭔가 부족해 보였으니까.”

“무슨 말을 그렇게 하니?”

“언니는 항상 첫눈에 반하잖아. 상대방의 단점이 전혀 안 보이는 거야? 언니에게는 세상 모든 사람이 다 착하고 좋아 보이겠지. 나는 지금까지 언니가 다른 사람을 헐뜯는 걸 듣지 못했어.”

“난 절대 다른 사람에 관해 쉽게 말하지 않아. 그렇지만 내 생각을 솔직하게 말하려고 노력한단다.”

“그건 나도 인정해. 그런데 그게 이상한 것 같아. 언니처럼 제대로 판단하는 사람이 다른 사람의 단점을 왜 발견하지 못할까? 다른 사람의 단점을 말하지 않는 척하는 건 흔히 있는 일이야. 하지만 어떤 속셈 없이 다른 사람을 헐뜯지 않는 건, 어떤 사람이든 장점만 보고 단점에 관해서는 한마디도 하지 않는 거 말이야. 그런 사람은 언니밖에 없어. 언니는 그 사람의 누이들도 다 좋았지? 내가 봤을 때는 마냥 좋지만은 않던데.”

“나도 처음에는 그렇게 생각했어. 하지만 그녀들과 대화하고 나서 생각이 바뀌었지. 빙리 양은 오빠랑 같이 살면서 살림을 맡고 있나 봐. 내가 잘못 판단한 게 아니라면 그녀는 분명 좋은 이웃이 될 거야.”

엘리자베스는 언니의 말을 인정할 수 없었다. 그녀가 보았을 때 무도회 날 빙리 누이들의 태도는 썩 좋지 않았기 때문이다. 엘리자베스는 제인에 비해 관찰력이 뛰어나고 자존심이 강한데다, 다른 사람들의 말을 듣고 성급하게 판단을 내리지 않는 성격이었다. 그래서 더욱 그녀들을 좋게 평가할 수 없었다. 하지만 사실 빙리의 누이들은 괜찮은 여자들이었다. 그녀들은 즐거울 때는 상냥하게 보였고, 일부러 상냥하게 보이도록 행동할 수도 있었다. 하지만 때로는 잘난 척하기도 했다. 그녀들은 미인이라고 할 만큼 아름다웠고, 런던에 있는 일류 학교에서 교육을 받았으며, 재산이 2만 파운드 정도 있어서 많은 돈을 쓰면서 상류층 사람들과 사귀었다. 그러다 보니 모든 면에서 자신들이 우월하다고 생각하고, 다른 사람을 얕보는 성향이 있었다. 게다가 그녀들은 북잉글랜드의 좋은 가문 출신이었다. 이 사실이 그녀들의 머리에 단단히 박혀 있었다.

빙리는 돌아가신 아버지로부터 10만 파운드 정도의 재산을 물려받았다. 그의 아버지는 토지가 딸린 저택을 사려고 했지만, 결국 사지 못하고 세상을 떠났다. 아버지와 비슷한 생각을 하고 있었던 빙리는 가끔 괜찮은 토지를 물색하곤 했다. 하지만 사람들은 현재 빙리가 좋은 저택에 들어오기로 했고 꽤 괜찮은 특권까지 얻은 데다가, 그의 성격이 조급하지 않아서 네더필드에서 남은 생을 보내고 토지를 사는 것은 다음 세대로 미룰 것으로 생각했다.

반면 그의 누이들은 빙리가 자기 소유의 저택을 사기를 바랐다. 하지만 빙리 양은 세 들어 살아도 기꺼이 오빠의 살림살이를 맡기로 했다. 그리고 재산이 많지는 않지만 상류층 인사와 결혼한 허스트 부인 역시 그 집에서 나갈 이유가 없었다. 빙리는 성년이 되고 2년 후 우연히 소개를 받아 네더필드 저택을 보게 되었다. 집과 주위를 살펴본 그는 특히 위치와 방들이 마음에 쏙 들어서 바로 계약을 마쳤다.

빙리와 다아시는 서로 성격이 너무 달랐지만, 누구보다 친했다. 다아시는 솔직하고 유쾌하며 융통성이 있는 빙리를 무척 좋아했다. 빙리의 성격은 다아시와 완전히 달랐지만, 그렇다고 해서 다아시가 자신의 성격에 불만이 있는 것은 아니었다. 빙리도 다아시를 믿고 의지했으며 누구보다 그의 생각을 존중했다. 다아시는 빙리보다 이해력이 훨씬 좋았기 떠문이다. 빙리의 이해력이 많이 부족한 것은 아니었지만, 다아시가 훨씬 앞서는 것은 사실이었다. 하지만 다아시는 과묵하고 까칠한 성격이어서 매너 있게 행동해도 사람들의 호감을 사지는 않았다. 이러한 면에서는 빙리가 더 나은 사람이었다. 그는 어느 곳에서 누구를 만나도 상대방에게 호감을 주었지만, 다아시는 항상 만나는 사람에게 불쾌감을 주었다.

메리턴 무도회에 다녀온 후 두 사람이 나눈 대화만으로도 그들 각각의 성향을 파악할 수 있었다. 우선 빙리는 두도회에 참석한 사람들을 만나서 기분이 너무 좋았고, 여자들은 아름다웠다고 말했다. 그는 모든 사람이 친절했고, 자신에게 관심을 두었으며, 자연스럽게 대해 주어서 짧은 시간 동안 사람들에게 친근감을 느꼈다고 했다. 또한 그는 제인이 천사보다 아름다웠다고 말했다. 하지만 다아시는 정반대였다. 그는 아무리 둘러봐도 예쁜 여자를 찾을 수 없었고, 무도회에 참석한 사람들은 매너도 별로였다고 말했다. 그래서 그들에게 관심이 가지 않았고, 그들 역시 자신에게 관심을 두지 않아서 그 시간이 즐겁지 않았다고 말했다. 제인은 예쁘기는 하지간 너무 헤프게 웃는 것 같다고 했다.

허스트 부인과 빙리 양은 그 점을 인정하면서도 그녀가 너무 사랑스러워서 가깝게 지내고 싶다고 말했다. 제인을 칭찬하는 분위기 덕분인지 빙리는 그녀를 좋아해도 될 것 같다고 생각했다.

5

베넷 씨 가족과 친한 윌리엄 루카스 경은 롱본 근처에 살았다. 그는 예전에 메리턴에서 장사해서 꽤 많은 돈을 벌었고, 시장(市長)으로 재직하는 동안 국왕에게 충성해 ァ 사 작위까지 받았다. 이러한 명예를 누리게 되자, 갑자기 二는 장사하는 일과 그가 지내던 곳이 싫어졌다. 결국 윌리엄 경은 가족과 함께 메리턴에서 1마일(약 1.6km) 정도 떨어진 곳으로 이사하고는 그 집을 루카스 저택이라고 부르기 시작했다. 그는 그 저택에서 일에 얽매이지 않은 채 여유롭게 지내면서 사람들에게 정중하게 행동하는 것에만 집중했다. 그는 ァ 사 작위를 받아서 콧대가 높기는 했지만, 거만하게 행동하지 않고 다른 사람에게 예의를 차렸다. 타고난 성격이 너그럽고 정이 많았던 그는 세인트 제임스 궁전(영국 런던에 있는 왕궁)에서

국왕을 접견한 이후 예전보다 더 정중한 사람이 되었다.

루카스 부인 또한 약삭빠르지 않고 착해서 베넷 부인과 가깝게 지낼 수 있었다. 윌리엄 경 부부의 자녀 가운데 스물일곱 살쯤 된 맏딸은 지혜로웠으며, 엘리자베스와 무척 가깝게 지냈다. 그래서 두 집안의 딸들이 만나서 무도회에서 있었던 이야기를 하는 것은 너무나 당연한 일이었다. 무도회 다음 날 아침, 루카스 집안의 딸들은 베넷 집안의 딸들을 만나러 롱본으로 갔다.

"무도회의 시작은 참 좋았어, 샬럿." 하고 베넷 부인은 시치미를 떼며 루카스 양에게 말했다. "빙리 씨가 너에게 가장 먼저 춤을 청했잖아."

"네, 하지만 빙리 씨는 두 번째로 춤을 청한 사람을 더 좋아하는 것처럼 보였어요."

"제인 말이니? 맞아. 제인과는 두 번이나 춤춘 걸 보니 마음에 들긴 했나 보다. 그것에 관해서 얘기를 좀 들었거든. 구체적으로는 나도 잘 모르지만. 로빈슨 씨와 얘기할 때……."

"제가 그분하고 로빈슨 씨의 대화를 엿들었다는 거 말씀인가요? 로빈슨 씨가 그분에게 무도회가 마음에 드는지, 참석한 여자들이 예쁜지, 그중에 누가 가장 예쁘다고 생각하는지를 묻더라고요. 빙리 씨는 맨 마지막 질문에 이렇게 대답했어요. '그거야 당연히 베넷 양이지.'라고 말이에요."

"어머, 그렇다면 거의 결정이 난 거와 다름없구나. 하지만 성급하게 판단하기엔 이르겠지. 그렇다고 어떤 일이 또 생기는 건 아니니까."

그때 샬럿이 끼어들면서 말했다.

"엘리자(엘리자베스의 애칭), 내가 엿들었던 얘기를 하는 게 나을 거 같아. 빙리 씨의 말과는 다르게 다아시 씨의 이긴 들을 만한 내용이 아니거든. 안 그러니?"

"그처럼 남에게 불쾌감을 주는 사람 때문에 리지가 속상하지 않았으면 좋겠다. 그런 얄미운 인간의 마음에 들어 봤자 좋을 게 뭐가 있겠니? 어젯밤에 롱 부인 말을 들어 보니 30분 동안 옆에 있었는데도 말 한마디 걸지 않았다고 하더구나."

"엄마, 그게 사실이에요? 혹시 잘못 들으신 거 아니에요? 저는 다아시 씨가 롱 부인과 대화하는 것을 똑똑히 보았거든요." 하고 제인이 말했다.

"그건 말이다. 참다못한 롱 부인이 네더필드가 마음에 드냐고 질문해서 어쩔 수 없이 대답한 거란다. 그렇지만 말을 거니까 짜증이 난 것처럼 보였다던걸."

"빙리 양 말로는 그분은 아주 친한 사람이 아니면 대화하지 않는대요. 하지만 친한 사람들하고 있으면 친절하다고 하던데요?”

“제인아, 난 그 말을 믿을 수가 없구나. 원래 친절한 사람인데 롱 부인한테 짜증을 낼 리가 있겠니? 그는 롱 부인이 무도회에 올 때 마차를 빌려 타고 왔다는 사실을 알고는 그렇게 거만하게 굴면서 깔본 거야. 내 짐작이 맞을걸.”

“롱 부인과 대화하지 않은 건 그렇다 쳐도 엘리자와 춤추지 않은 건 이해가 안 되네요.” 하고 샬럿이 말했다.

“리지야, 나라면 기회가 다시 생긴다고 해도 그런 인간하고는 절대 춤추지 않을 거야.”

“걱정하지 마세요, 엄마. 어떤 일이 있어도 그 사람하고는 춤추지 않을게요.”

“난 그 사람에게 큰 거부감이 들지는 않아.” 하고 샬럿이 말했다. “자존심이 있는 사람이니까 그럴 수도 있다고 봐. 나름대로 이유가 있지 않겠어? 좋은 가문 출신에 재산도 많고, 별로 부족할 것 없는 사람이 도도하게 구는 건 이상한 게 아니잖아. 이렇게 표현하면 어떨지 모르겠지만, 그 사람은 거만할 자격이 있어.”

“그건 맞아.” 하고 엘리자베스가 말했다. “그 사람이 내 자존심을 건드리지 않았다면 나도 그의 거만함을 충분히 용서했겠지.”

"거만함은 흔하게 발견할 수 있어." 하고 메리가 말했다. "책에서 읽은 내용에 따르면 거만함은 아주 보편적인 감정이야. 인간의 본성에는 그런 경향이 있어. 그래서 그것이 현실이든 상상이든 자기만족의 감정을 느끼지 않는 사람은 거의 없어. 허영심과 거만함은 가끔 비슷한 의미로 사용되지만 뜻은 전혀 달라. 허영심이 없어도 거만할 수 있거든. 거만함은 자신을 어떻게 생각하느냐와 관련 있지만, 허영심은 다른 사람이 자신을 이렇게 생각해 주었으면 하는 마음에 가까워."

"내가 다아시 씨처럼 돈이 많다면 거만함 같은 건 조금도 신경 쓰지 않을 거야." 하고 누이들과 함께 온 윌리엄 경의 아들이 말했다. "사냥개나 몇 마리 키우고 매일 포도주 한 병씩은 마시면서 지낼 거예요."

"그렇게 술을 자주 마신다면 보는 즉시 술병을 빼앗아 버릴 거야." 하고 베넷 부인이 말했다.

소년은 절대 빼앗기지 않을 것이라고 우기고, 베넷 브인은 어떻게 해서라도 빼앗을 거라고 실랑이를 벌였다. 이 실랑이는 모두가 집으로 돌아갈 때가 되어서야 끝났다.

6

얼마 지나지 않아 롱본의 여인들은 네더필드의 여인들을 찾아왔다. 베넷 양의 싹싹하고 예의 바른 태도에 허스트 부인과 빙리 양은 그녀에게 더욱 호감을 느끼게 되었다. 두 사람은 베넷 부인을 참을 수 없는 사람으로, 베넷 양의 어린 동생들은 대화할 만한 가치가 없는 사람으로 보았다. 하지만 맏딸과 둘째 딸인 제인과 엘리자베스에게는 더 친하게 지내고 싶다고 말했다. 제인은 이러한 관심을 기꺼이 받아들였다. 하지만 엘리자베스는 여전히 그들이 누구에게나 거만하게 대한다고 느꼈고, 자신의 언니에게도 그런 태도를 보인다고 생각해서 그들을 좋아할 수 없었다. 그들은 빙리가 제인을 좋아해서 제인에게 호감을 보인 부분도 있었다. 이제 누구나 빙리가 제인을 진정으로 사모한다는 것을 알게 되었다. 처음부터 빙리에게 호감을 느꼈던 제인 역시 점점 사랑에 빠지게 되었다. 엘리자베스는 이 사실을 확신하게 되었다. 그나마 다행인 것은 세상 사람들에게 그 사실을 들키지 않았다는 점이였다. 제인은 감수성이 풍부하면서도 침착하고 친절해서 남의 일에 간섭하기 좋아하는 사람들의 의심을 사지 않았다. 엘리자베스는 친구인 루카스 양에게 이 사실을 말했다. 그러자 샬럿이 말했다.

"그런 방식으로 사람들을 속이는 것도 재미있겠네. 하지만 그렇게 감쪽같이 다른 사람을 속이면 자신이 불리해질 수도 있어. 만약 여자가 그런 방법으로 상대방에게 자신의 마음을 감춘다면, 그 사람을 놓치게 될지도 몰라. 그 후에 누구도 그 사실을 모른다고 생각해 봤자 위로가 되진 않겠지. 대부분 사랑이라는 감정에는 고마움이나 허영심이 들어 있기 대문에 그냥 내버려 두면 쓸모가 없어져. 모든 사람이 부담 없이 시작하지. 누군가에게 호감을 느끼는 건 자연스러운 일이야. 하지만 그 호감이 점점 발전하지 않는데도 용기 있게 사랑을 키워 나갈 수 있을까? 그래서 여자는 연애를 시작하려면 자신이 생각하는 것보다 훨씬 많이 마음을 보여 주어야 해. 빙리 씨는 네 언니를 확실히 좋아해. 하지만 빙리 씨가 계속 좋아하도록 네 언니가 그를 돕지 않는다면 그냥 좋아하는 감정에만 머무를지도 몰라."

"제인 언니도 최대한 노력하고 있어. 언니가 그 사람을 좋아한다는 건 나도 느낄 수 있는데 그 사람이 모른다면 진짜 바보지."

"엘리자, 그 사람은 너만큼 제인 언니의 성격을 모르잖아."

"하지만 여자가 남자를 사랑하고 애써 마음을 감추지 않는 한 남자가 그것을 모를 리 없지."

"그건 여자를 자주 만난다면 알 수 있겠지. 빙리 씨와 제인 언니는 자주 만나는 편이긴 하지만, 몇 시간씩 함께 있어 본 적이 거의 없잖아. 게다가 항상 사람들이 북적대는 곳에서만 만나니까 다정한 대화를 나눌 수도 없고. 그러니까 제인 언니는 그 사람의 주의를 끌기 위해서 30분이라도 최대한 잘 이용해야 해. 그러면 여유롭게 그를 사랑할 수 있을 거야."

"결혼이 목적이라면 그것도 나쁘지 않은 방법이네. 나도 재산이 많은 남자를 만나야겠다고 결심하거나 꼭 결혼해야겠다고 생각하면 그런 방법을 쓸 수밖에 없을 거야. 하지만 제인 언니는 다르단 말이지. 언니는 어떤 계획을 세우고 그렇게 행동하는 게 아니야. 지금은 자기 마음이 어떤지도 잘 모르고. 두 사람이 알게 된 건 보름 정도밖에 안 되었어. 춤도 메리턴에서 네 번 정도 같이 추었고, 그 사람 집에서 한 번 만났고, 그 이후에 같이 식사한 것도 고작 네 번 정도야. 이것만으로 그 사람을 충분히 파악할 수 없지."

"네 말도 맞는 부분이 있어. 그저 단순히 식사만 했다면 상대방의 식성 정도 파악하고 말았겠지. 하지만 두 사람은 저녁 시간을 네 번이나 함께했다는 사실을 잊으면 안 돼. 네 번의 저녁 시간이라면 꽤 괜찮은 거 아냐?"

"응, 하지만 두 사람이 네 번이나 저녁 시간을 함께 코내면서 확인한 것이라곤 고작 둘 다 코머스(카드놀이의 한 증류)보다 뱅팅(카드놀이의 한 종류)을 더 좋아한다는 사실이야. 그 외에 다른 것들에 대해서는 별로 파악하지 못한 것 같아."

"여하간 난 진심으로 제인 언니가 잘되었으면 좋겠어. 언니가 내일 당장 빙리 씨와 결혼해서 행복할 확률이나 ○년 동안 그의 성격을 분석한 끝에 결혼해서 행복해질 확률은 거의 비슷할 거로 생각해. 결혼이 주는 행복은 결국 운에서 나오는 것이니까. 두 사람 모두 상대방의 취향을 정확하게 파악하거나, 아니면 서로 비슷한 점이 많다고 해도 행복이 커지는 건 아니거든. 취향은 시시각각 변하는 거라 시간이 지나면 누가 먼저 화를 낼 만큼 바뀌어 있을걸. 따라서 일생을 함께 살아갈 사람의 단점은 될 수 있는 대로 모르는 게 좋아."

"샬럿, 그게 무슨 소리야? 그건 올바른 생각이 아냐. 너도 그렇다는 걸 잘 알잖니. 그게 네 일이라면 절대 그렇게 하지는 않을 거야.”

엘리자베스는 언니에 대한 빙리의 태도를 살피는 데 집중하느라 다아시가 자신에게 관심이 있다는 사실을 전혀 모르고 있었다. 다아시는 엘리자베스를 처음 보았을 때 그녀가 예쁘다고 생각하지 않았고, 무도회에서 만났을 때도 별로 관심을 두지 않았다. 그다음에 만났을 때도 다아시의 눈에는 엘리자베스의 결점만 보였다. 다아시는 엘리자베스의 외모가 특별하지 않다고 친구에게 말하려 했다. 그때 그는 그녀의 검은 눈동자와 묘한 표정으로 말미암아 그녀가 총명하게 보인다는 것을 깨닫게 되었다. 이뿐만 아니라 다아시가 깨달은 것이 또 있었다. 엄밀히 말하자면 엘리자베스의 몸매는 균형이 잘 잡혀 있지 않았다. 하지만 그녀의 모습은 우아하고 상대방을 즐겁게 만들었다. 또한 그녀의 예의범절은 상류층과 달랐지만, 자연스럽고 명랑해서 끌리는 면이 있었다. 엘리자베스 본인만 이런 사실을 전혀 모르고 있었다. 그녀에게 다아시는 어느 곳에서나 거만하게 행동하고, 자신을 춤 파트너로 고를 만큼 예쁘지는 않다고 생각하는 사람에 불과했다.

하지만 다아시는 그녀에 관해 좀 더 알고 싶어졌다. 그래서 그는 엘리자베스에게 말을 걸기 전에 그녀가 다른 사람들과 대화하는 것을 엿들었다. 이러한 그의 행동이 그녀의 주의를 끌었다. 윌리엄 경의 저택에 많은 사람이 모였을 때의 일이었다.

"다아시 씨는 대체 왜 저러는 걸까? 내가 포스터 대령과 얘기하는 걸 엿듣다니!" 하고 엘리자베스가 샬럿에게 말했다.

"그건 다아시 씨만 알고 있겠지."

"다아시 씨가 자꾸 그러면 나도 당신이 왜 그렇게 행동하는지 다 알고 있다고 말할 테야. 유쾌한 시선이 아니거든. 그러니까 내가 강하게 대처하지 않으면 문제가 생길 것 같아."

그때 딱히 할 말이 있는 게 아님에도 다아시가 그들 가까이 다가왔다. 그러자 루카스 양은 엘리자베스에게 아까 한 말을 꺼내지 말라고 당부했다. 하지만 이로 말미암아 자극을 받은 엘리자베스는 다아시 쪽으로 돌아서며 말했다.

"다아시 씨, 조금 전에 제가 한 얘기 근사하지 않았나요? 포스터 대령께 메리턴에서 무도회를 열어 달라고 했거든요."

"대단하더군요. 여자들은 대개 무도회에 관심이 많지요."

"가혹하게 말씀하시는군요."

이때 루카스 양이 불쑥 끼어들면서 말했다.

"엘리자, 내가 피아노 뚜껑을 열어 줄게. 그다음에는 어떻게 해야 하는지 알지?"

"넌 정말 못 말리는 친구야. 아무 곳에서나 피아노를 치라거나 노래를 부르라고 하니 말이야. 내가 음악에 소질이 있었다면 네가 참 고마웠겠지만, 그 정도 실력이 아니잖아. 정말 훌륭한 연주가들의 음악을 듣던 사람들 앞에서는 피아노 치기가 두렵다니까."

하지만 루카스 양이 고집을 꺾지 않자, 엘리자베스는 마지못해 피아노 앞으로 다가섰다.

"네가 그렇게 원한다면 어쩔 수 없지."

그녀는 엄숙한 표정으로 다아시를 힐끔 쳐다보고는 말했다.

"여기 계신 모든 분이 잘 아는 속담이 있어요. 바로 '뜨거운 죽을 식히기 위해서는 숨을 죽여라.'지요. 저도 노래를 부르기 위해서 숨을 죽여야겠어요."

엘리자베스의 노래 실력은 아주 뛰어나지 않았지만, 그런대로 기분 좋게 들을 만했다. 노래가 끝나자 몇몇 사람들은 한 곡 더 불러 달라고 요청하기도 했다. 그녀가 이에 응하기도 전에 메리가 재빨리 피아노 앞에 앉았다. 그녀는 그다지 예쁘지는 않았지만 대신 지식과 교양을 쌓기 위해 노력했고, 이러한 자신을 늘 자랑하고 싶어 했다.

메리는 타고난 음악적 재능이 없었고, 단지 허영심으로 피아노를 연주했다. 이러한 그녀의 허영심은 가끔 잘난 척을 하도록 했다. 이 때문에 훌륭한 연주도 엉망이 될 지경이었다. 메리의 연주 실력은 엘리자베스보다 훨씬 부족했지만, 대부분 사람은 그녀의 연주를 더 즐겁게 들었다. 긴 협주곡을 연주한 메리는 동생들의 요청으로 스코틀랜드와 아일랜드 민요를 연이어 연주했다. 동생들은 그 연주에 맞춰 루카스 집안의 사람들, 그리고 두서너 명의 장교들과 열심히 춤추었다.

다아시는 한마디 대화 없이 시간을 보내는 것에 대해 화가 나 있었다. 그래서 윌리엄 경이 다가와 말을 걸 때까지 그가 자기 옆에 서 있는 것도 전혀 모를 정도였다.

"젊은이들에게 춤은 정말 멋진 취미 활동입니다. 누가 뭐라고 해도 춤추는 것만큼 좋은 것이 없지요. 춤은 상류층의 최고 놀이라고 생각하지 않습니까?"

"맞습니다. 상류층이 아니더라도 춤을 즐길 수 있지요. 그저 그런 사람들도 말이에요."

윌리엄 경은 다아시의 대답에 살짝 미소를 지었다. 그는 빙리가 춤추는 것을 보고는 말했다.

"친구분은 춤을 잘 추는군요. 다아시 씨도 춤을 잘 츠지 않습니까?"

"제가 메리턴에서 춤추는 걸 보셨나요?"

"그때 보았지요. 아주 잘 추더군요. 세인트 제임스 궁에서도 가끔 춤추지 않나요?"

"아닙니다. 전혀 추지 않지요."

"그곳에서 춤추는 것은 당연한 예의 아닌가요?"

"저는 그렇게 예의를 차려야 하는 자리는 되도록 피하고 있습니다."

"런던에도 집이 있지 않나요?"

다아시는 대답 대신 고개를 숙였다.

"저도 한때는 도시에서 살려고 했습니다. 상류층 사람들과 교류하고 싶었으니까요. 하지만 런던의 공기가 좋지 않아서 아내의 건강이 걱정되더군요."

윌리엄 경은 다아시의 대답을 기다렸지만 다아시는 침묵만 지켰다. 그때 엘리자베스가 두 사람이 있는 곳으로 다가왔다. 윌리엄 경은 그녀에게 말을 걸었다.

"아니, 엘리자 양. 왜 춤추지 않고 있소? 다아시 씨! 제가 이 아가씨를 당신의 춤 파트너로 소개해도 되겠습니까? 이렇게 아름다운 분을 설마 거절하진 않겠지요?"

윌리엄 경은 엘리자베스의 손을 잡고 다아시 쪽으로 이끌었다. 다아시는 놀랐지만 그녀의 손을 잡는 것이 그다지 싫은 기색은 아니었다. 하지만 엘리자베스는 손을 빼고 잠시 망설이다가 윌리엄 경에게 말했다.

"죄송하지만 저는 춤추고 싶은 생각이 전혀 없어요. 파트너를 구하려고 이리로 온 게 아니거든요."

다아시는 최대한 예의를 갖추며 엘리자베스에게 함께 춤추자고 했지만, 그녀는 단호하게 거절했다. 윌리엄 경이 설득했지만 역시나 넘어가지 않았다.

"엘리자 양, 춤을 잘 추던데 우리의 부탁을 거절하다니 가슴이 아프오. 이 신사분은 춤추는 것을 그다지 즐기진 않지만 30분 정도면 우리의 부탁을 들어줄 테니 좋은 기회가 아니겠소?"

"다아시 씨는 아주 예의 바른 분이지요." 하고 엘리자베스가 웃으면서 말했다.

"정말 그렇소. 상대가 엘리자 양이니 다아시 씨가 정중하게 대하는 게 당연하지. 엘리자 양처럼 멋진 여인을 어느 누가 거절하겠소?"

엘리자베스는 다른 곳을 바라보며 딴전을 부리다가 가 버렸다. 다아시는 그녀에게 거절당했지만 기분이 나쁘지 않았고, 오히려 만족스러운 감정으로 그녀에 관해 생각했다. 그때 빙리 양이 다가와 말을 걸었다.

“지금 무슨 생각을 하고 계시는지 맞혀 볼까요?”

“아마 모르실 거예요.”

“당신은 저녁 시간을 이렇게 보내는 것이 힘들다고 생각하셨지요? 이런 사람들 사이에서 말이에요. 저도 같은 생각이랍니다. 이렇게 화나는 건 처음이에요. 하나도 재미없는데, 사람들은 시끄럽기만 하고 자기 주제도 모르면서 허세만 떨고 있네요.”

“잘못 생각하셨습니다. 저는 기분 좋은 일을 생각하고 있었거든요. 사실은 어떤 여인의 아름다운 눈동자가 줄 수 있는 기쁨을 생각하고 있었습니다.”

빙리 양은 다아시의 얼굴을 빤히 쳐다보면서 그 여인이 누구인지 물었다. 그러자 다아시는 주저하지 않고 말했다.

“엘리자베스 베넷 양이에요.”

“엘리자베스 양이라고요? 진짜 놀랍군요. 언제부터 그녀에게 관심이 생겼나요? 축하 인사는 언제쯤 드리는 게 좋을까요?”

“그렇게 물어보실 거라고 짐작했습니다. 여자들의 상상력은 너무나 풍부하니까요. 그렇게 빨리 관심에서 연애, 연애에서 결혼으로 발전하니, 당신이 조만간 축하 인사를 건넬 거로 생각했지요.”

“당신이 진심이라면 이미 다 결정된 것 아닌가요? 게다가 장모 되실 분도 성격이 좋으시니 펨벌리에서 함께 살 수 있겠네요.”

흥분한 빙리 양이 마음대로 상상하며 떠드는 동안, 다아시는 담담한 표정으로 듣고만 있었다. 하지만 빙리 양은 다아시의 이러한 반응에 자기 생각이 맞다고 확신하며 계속 떠들었다.

베넷 씨의 재산은 연 수입이 2천 파운드 정도 되는 토지뿐이었다. 딸들에게는 안타까운 일이지만 베넷 씨에게는 아들이 없었던 탓에 이것마저도 남자인 먼 친척에게 상속해야 할 판이었다. 베넷 부인도 재산이 어느 정도 있었지만, 베넷 씨의 모자란 재산을 채워 주기에는 부족했다. 그녀의 재산은 메리턴에서 변호사를 하던 아버지가 물려준 4천 파운드였다.

베넷 부인에게는 여동생 한 명과 남동생 한 명이 있었다. 여동생은 아버지 밑에서 서기로 일하다가 그 일을 물려받은 필립스라는 청년과 결혼했다. 남동생은 런던에서 사업을 했다.

롱본은 메리턴에서 1마일밖에 떨어져 있지 않아서 베넷 집안의 딸들이 방문하기에는 적당한 거리였다. 그래서 그녀들은 1주일에 서너 번쯤 메리턴에 가서 이모를 만나거나 모자 상점에 들르곤 했다. 특히 베넷 집안에서 가장 어린 캐서린과 리디아는 자주 메리턴을 방문했다. 두 사람은 언니들과는 달리 특별한 일이 없는 데다가 걱정도 없었으므로 부지런히 메리턴에 나들이 가곤 했다. 이를 통해 캐서린과 리디아는 오전 시간을 즐겁게 보내고, 저녁에 대화할 소재도 마련할 수 있었다. 시골에서는 흥미를 끌 만한 새로운 소식을 듣기 힘들었지만, 도시에 있는 이모에게는 재미있는 이야기를 자주 들을 수 있었다. 지금은 군부대가 근처에 머무르고 있어서 새로운 소식이 끊이지 않았다. 메리턴에 본부가 있는 그 부대는 겨울 동안 머무를 예정이었다.

베넷 집안의 딸들은 이모인 필립스 부인을 통해 새롭고 흥미로운 정보를 전해 들었다. 그러면서 장교들의 이름이나 그들의 다른 정보에 관해서도 알게 되었다. 이제 그녀들은 장교들이 머무르는 곳도 파악하게 되었고, 그들을 직접 만나기까지 했다. 이모부인 필립스 씨는 그들을 모두 방문해 조카들에게 즐거움을 안겨 주었다. 그녀들은 끊임없이 장교들에 관해 대화를 나누었다. 베넷 부인은 빙리의 어마어마한 재산에 관한 이야기가 나오면 눈이 빛났지만, 딸들에게 빙리의 재산은 군복보다 훨씬 가치가 떨어지는 이야깃거리였다.

어느 날 아침, 캐서린과 리디아가 장교들에 관해 수다를 떠는 것을 들은 베넷 씨가 차갑게 말했다.

"너희들의 이야기를 듣고 있자니 참 어리석다는 생각밖에 들지 않는구나. 예전부터 그렇게 생각해 왔는데, 이제야 확실히 알게 되었군."

캐서린은 아버지의 말에 어떤 대답도 하지 못했다. 하지만 리디아는 아버지의 말에 전혀 신경 쓰지 않고, 계속 카터 대위를 칭찬하는 말을 늘어놓았다. 그러면서 내일 아침 카터 대위가 런던으로 떠나므로 그날 중으로 그를 만나야겠다고 말했다.

"당신은 정말 너무하세요." 하고 베넷 부인이 말했다. "무슨 이야기만 했다 하면 딸들에게 어리석다고 말씀하시니. 누군가의 험담을 하고 싶다면 다른 집 자식을 흉보세요. 우리 딸들에게 그러지 마시고요."

"내 자식들이 어리석다면 그 사실을 알고 있어야 하는 거 아니겠소?"

"그렇긴 하지만 우리 애들은 다 똑똑하잖아요."

"우리 두 사람의 생각이 완벽하게 같기를 바랐건만, 이 점만 생각이 달라서 다행이구려. 난 여전히 저 애들이 어리석다고 생각하거든. 이건 당신과 의견이 다르다는 걸 인정해야겠군."

"여보, 아직 철이 안 든 어린아이들에게 너무 많은 걸 바라시는 거 아닌가요? 우리 아이들도 나이가 들면 절대 장교 얘기 같은 건 안 할 거예요. 저도 예전에 붉은 군복을 좋아했던 적이 있었어요. 지금은 마음속으로만 좋아하지만요. 만약에 1년에 5, 6천 파운드 정도 버는 멋진 소령이 우리 딸들 가운데 한 명과 연애하고 싶어 한다면 저는 말리지 않겠어요. 윌리엄 경 저택에서 만났던 포스터 대령은 군복을 입고 있었는데 아주 멋지던걸요?"

이때 리디아가 큰 소리로 말했다.

"엄마, 이모 말로는 포스터 대령과 카터 대위가 처음 왔을 때처럼 그렇게 자주 와트슨 댁에 가지 않는대요. 대신에 요즘에는 클라크 도서관에 자주 간다던데요?"

베넷 부인이 뭐라고 말하려던 그때, 하인이 제인 앞으로 온 편지를 가지고 왔다. 그 편지는 네더필드에서 온 것이었다. 안 그래도 답장을 기다리고 있었던 베넷 부인의 얼굴에는 기쁨이 가득 찼다. 그녀는 제인이 편지를 읽는 동안 계속해서 물었다.

"제인아, 누가 보낸 편지니? 무슨 내용이 적혀 있는 거야? 어서 읽고 얘기 좀 해 보렴, 어서!"

“빙리 양이 보낸 거예요.”

제인은 이렇게 대답하고는 소리 내서 편지를 읽기 시작
했다.

　　사랑하는 친구에게

　　만일 당신이 오늘 내가 루이자와 식사할 때 와 주지 않는다
면, 우리 두 사람은 앞으로 평생 서로를 미워하면서 살아야 할
지도 몰라요. 여자 둘이서 온종일 마주 앉아 있으면 결국에는
싸우고 말거든요. 이 편지를 받는 대로 빨리 와 주세요. 오빠와
다른 남자분들은 장교들과 식사할 예정이니까요. 그럼 이만.

　　　　　　　　　　　　　　　　　　당신의 영원한 친구
　　　　　　　　　　　　　　　　　　　　캐롤라인 빙리

“장교들이라고?” 하고 리디아가 외쳤다. “이모는 왜 아무
말씀 없으셨을까?”

“밖에서 식사할 예정이라니, 정말 안됐구나.” 하고 베넷 부
인이 말했다. 그러자 제인이 물었다.

“마차를 타고 가도 될까요?”

“아냐, 말을 타고 가렴. 금방이라도 비가 쏟아질 것 같구나.

그렇게 되면 그 집에서 오늘 밤을 보내야 할 수도 있으니까."

"참 좋은 생각이네요." 하고 엘리자베스가 말했다. "그 집에서 언니를 억지로 돌려보내려고만 하지 않는다면 같이에요."

"그렇지! 하지만 남자들은 메리턴으로 갈 때 빙리 씨 마차를 탈 테고, 허스트 씨 집에는 마차가 없잖아."

"그래도 전 마차로 가고 싶어요."

"너희 아버지가 말을 내주시지 않을 거다. 농장에서 필요하니까. 여보, 안 그런가요?"

"농장에서 말이 더 필요하긴 하지."

"만약 아버지가 오늘 말을 쓰신다면 엄마 뜻대로 되겠네요."

결국 아버지는 엘리자베스의 부탁 때문에 노는 말이 없다는 것을 인정했다. 그래서 제인은 다른 말을 타고 가야만 했다. 어머니는 날씨가 안 좋아질 거라고 말하며 문밖까지 나와 기분 좋게 딸을 배웅했다. 어머니의 희망 사항은 결국 이루어졌다. 제인이 출발한 지 얼마 되지 않아서 비가 내리기 시작한 것이다. 동생들은 언니를 걱정했지만, 어머니는 기쁨을 감출 수 없었다. 비는 밤새도록 세차게 내렸다. 이제 제인이 돌아오기는 힘들어졌다.

“역시 내 생각이 맞았어.”

베넷 부인은 자신이 비를 내리게 한 것처럼 몇 번이고 반복해서 말했다. 하지만 다음 날 아침이 되기 전까지 그녀는 자기 생각이 얼마나 적중했는지 알지 못했다. 아침 식사가 거의 끝나 갈 무렵, 네더필드의 하인이 엘리자베스에게 온 편지를 전달했다.

사랑하는 리지에게

오늘 아침에는 몸이 좋지가 않아. 어제 비를 많이 맞아서 그런가 봐. 이곳 사람들은 고맙게도 내 몸이 좋아질 때까지 집에 가지 못하도록 하는구나. 존스 선생님이 상태를 봐야 한다고 놓아주지를 않아. 그러니까 존스 선생님이 오신다고 해도 너무 놀라지 마. 목이랑 머리가 좀 아픈 거 빼고는 괜찮으니까. 그럼 이만.

언니가

“당신은 딸이 심각한 병에 걸려서 죽어도 후회는 안 하겠지? 당신이 빙리 씨를 따라다니게 했으니 말이오.”

엘리자베스가 소리 내서 편지를 다 읽고 나자 베넷 씨가 말했다.

"당신도 참! 감기에 걸렸다고 그렇게 쉽게 사람이 죽나요? 그 집 사람들이 잘 보살펴 줄 테니 너무 걱정하지 마세요. 오래 있으면 있을수록 좋다고요. 마차만 있다면 내가 당장이라도 가 보련만."

엘리자베스는 언니가 너무 걱정되어서 마차를 구하지 못하더라도 그곳에 가기로 했다. 그녀는 말을 탈 줄 몰랐기 때문에 그냥 걸어갈 수밖에 없었다. 그녀가 이 생각을 말하자, 베넷 부인이 목소리를 높여서 말했다.

"넌 어쩜 그리 생각이 모자라니? 모든 길이 진흙으로 질척거리는데 그곳에 가겠다고? 그 집에 도착하면 네 꼴이 어떨지 생각이나 해 봤니?"

"언니를 만나는 데 지장이 있는 건 아니잖아요. 전 언니만 만나고 올 거예요."

"리지야, 그건 나 들으라고 하는 얘기 같구나. 말로 꾀려다 달라는 뜻이냐?" 하고 베넷 씨가 말했다.

"아니에요. 걸어가는 게 좋을 거 같아요. 3마일 정도는 그리 먼 거리도 아니지요. 저녁 식사 전까지는 돌아올게요."

"언니의 애정은 정말 놀라워." 하고 메리가 끼어들었다. "하지만 충동적인 감정은 이성적으로 잘 판단해야 해. 그러기 위해서는 노력이 필요하겠지."

"메리턴까지는 우리랑 같이 가자." 하고 캐서린과 리디아가 말했다.

엘리자베스는 고개를 끄덕였고, 결국 세 자매는 함께 출발했다.

"조금만 빨리 가면 카터 대위가 떠나기 전에 만날 수 있을 거야." 하고 리디아가 말했다.

세 자매는 메리턴에서 헤어졌다. 두 동생은 어느 장교 부인의 숙소로 발걸음을 옮겼다. 혼자가 된 엘리자베스는 계속 걸었다. 그녀는 빠른 걸음으로 들판을 가로지르고 울타리나 웅덩이를 뛰어넘다시피 해서 마침내 그 집이 보이는 곳에 다다랐다. 그때 그녀의 얼굴은 달아올라 있었고, 발목에서 통증이 느껴졌으며, 양말은 흠뻑 젖어 있었다.

그 집으로 들어선 엘리자베스는 한 방으로 안내되었다. 그곳에는 제인을 제외한 모든 사람이 모여 있었는데, 그들은 엘리자베스를 보자마자 깜짝 놀랐다. 특히 허스트 부인과 빙리 양은 안 좋은 날씨에 3마일이나 되는 거리를 이처럼 이른 시간에 혼자서 걸어왔다는 사실이 믿기지 않는다는 표정을 지었다. 엘리자베스는 그들이 자신을 깔보고 있다고 생각했다. 하지만 그들은 엘리자베스를 정중하게 맞이했다. 빙리의 태도에는 정중함뿐만 아니라 상냥함과 친절함까지 배어 있었다. 다아시는 엘리자베스가 혼자서 이렇게 먼 곳까지 을 만한 일인지 생각하면서 그녀의 얼굴에서 빛이 난다고 칭찬의 말 한마디만 건네었다. 오로지 아침 식사에 관한 생각만 하고 있었던 허스트 씨는 아무 말도 하지 않았다.

엘리자베스는 언니의 상태에 관해 물었지만 만족할 만한 대답을 들을 수 없었다. 제인은 어젯밤에 잠을 잘 자지 못한 데다가 지금도 열이 나고 있어서 계속 방에 있었다는 것이다. 엘리자베스는 언니가 있는 방으로 안내되었다. 제인은 동생이 들어오는 것을 보고는 너무 기뻐했다. 그녀는 편지에 가족 중 누구라도 네더필드 저택을 방문해 달라고 부탁하는 내용을 쓰려다가 가족들이 놀랄까 봐 쓰지 못했던 것이다. 하지만 길게 말하기에는 아직 무리였다. 엘리자베스를 안녀해 준 빙리 양이 방에서 나가자, 제인은 이곳 사람들이 친절하게 잘 보살펴 주고 있다는 말만 겨우 내뱉었다. 엘리자베스는 묵묵히 제인을 돌보기 시작했다.

아침 식사 후, 빙리 집안의 두 자매가 제인이 있는 방으로 들어왔다. 엘리자베스는 빙리 자매가 진심으로 제인을 걱정하자 그들이 좋아졌다. 잠시 후, 의사가 와서 제인을 진찰했다. 그는 제인이 심한 감기에 걸렸으므로 잘 보살펴야 한다고 말하면서 제인을 침대에 눕히고 물약을 주었다. 제인은 점점 열이 더 나고 두통도 심해져서 의사의 말에 따랐다. 엘리자베스는 꼼짝도 하지 않고 그녀를 간호했다. 빙리 자매 역시 나가지 않고 방에 있었다. 사실 남자들이 모두 외출해서 다른 방에 가더라도 딱히 할 일이 없었다.

3시가 되었다. 엘리자베스는 내키지 않았지만 이제 돌아가야 할 것 같다고 말했다. 빙리 양은 마차를 내어 줄 테니 타고 가라고 했다. 약간의 실랑이 끝에 엘리자베스는 빙리 양의 제안을 받아들였다. 하지만 제인이 엘리자베스가 돌아가는 것을 섭섭해하자, 빙리 양은 마차를 빌려주겠다는 제안을 취소하고 엘리자베스에게 당분간 이곳에 머무는 게 어떻겠냐고 물었다. 엘리자베스는 그녀의 제안을 기꺼이 받아들였다. 그러고는 가족들에게 자신이 네더필드에 있어야 하는 이유를 알리고 갈아입을 옷을 가져오게 하도록 롱본으로 하인을 보냈다.

8

　5시가 되자 빙리 자매는 옷을 갈아입기 위해 방을 나갔다. 6시 30분에 엘리자베스는 저녁 식사에 초대되었다. 사람들은 식사하면서 엘리자베스에게 조심스럽게 제인의 상태를 물었다. 엘리자베스는 특히 빙리가 제인을 많이 걱정하는 것 같아서 기뻤지만, 사람들이 원하는 대답을 해 줄 수가 없었다. 제인의 상태가 좋아지지 않았기 때문이다. 엘리자베스의 말을 들은 빙리 자매는 자신들이 얼마나 제인을 염려하는지, 그처럼 지독한 감기에 걸린 것이 얼마나 괴로운 일인지, 자신들은 병에 걸리는 것을 얼마나 싫어하는지를 서너 번이나 반복해서 말했다. 그러고는 그것에 관해 더는 이야기하지 않았다. 엘리자베스는 제인이 앞에 없을 때 빙리 자매가 보인 냉정한 태도 때문에 그들이 다시 싫어졌다.

그곳에 모인 사람 가운데 유일하게 호감이 가고, 엘리자베스가 부담 없이 대할 수 있는 사람은 빙리뿐이었다. 그는 진심으로 제인을 걱정하고 있었고, 엘리자베스에게도 친절하게 대했기 때문이다. 그래서 엘리자베스는 다른 사람들이 자신을 불청객 취급한다는 생각을 더는 하지 않기로 했다. 사실 빙리를 제외한 다른 사람들은 그녀에게 큰 관심이 없었다. 빙리 양은 다아시에게 푹 빠져 있었고, 허스트 부인 역시 마찬가지였다. 허스트 씨는 엘리자베스가 옆에 앉아 있는데도 신경을 전혀 쓰지 않고, 그저 먹고 마시며 카드놀이를 하는 것에만 집중하는 사람처럼 보였다. 그는 엘리자베스가 라구(고기나 생선 등에 여러 가지 채소를 넣어 만든 스튜)보다는 담백한 맛의 요리를 좋아한다고 말하자, 입을 다물고는 식사에만 몰두했다.

저녁 식사가 끝난 후 엘리자베스는 바로 제인이 있는 방으로 돌아갔다. 그녀가 나가자마자 빙리 양은 그녀의 흉을 보기 시작했다. 예의가 없고 자존심도 너무 강하고 건방진 데다가 대화를 제대로 하지 못하고 품위도 없으며 외모가 뛰어난 것도 아니라는 것이다. 허스트 부인도 맞는 말이라고 맞장구를 쳤다.

"잘 걷는다는 거 빼고는 장점이 하나도 없어. 특히 오늘 아침의 그 모습은 절대 잊을 수 없을 거야. 정신이 나간 여자 같았다니까."

"맞아. 나도 겉으로는 아무렇지 않은 척했지만 어찌나 놀랐던지. 사실 여기까지 왔다는 게 말이 안 되는 일이야. 언니가 감기에 좀 걸렸다고 해서 그렇게 나서서 뛰어올 필요는 없잖아? 산발한 머리로 말이지."

"그러게 말이야. 그리고 그 애 속치마 봤어? 내가 똑똑히 봤는데 밑에서 15센티미터 위까지 완전 엉망이었어. 그걸 감추려고 드레스를 내려 봤자 소용이 없었지."

이때 빙리가 말했다.

"그 말이 사실일 수도 있지만 내 눈에는 하나도 안 보이던걸. 오늘 아침 그녀가 우리 집에 들어왔을 때 너무 멋지다고 생각해서 속치마 따위는 전혀 거슬리지 않던데?"

그러자 빙리 양이 말했다.

"다아시 씨는 보셨을 거예요. 그렇지요? 만약 다아시 씨의 여동생이 그런 모습으로 나타났다면 그냥 보고만 있었을까요?"

"그런 모습 자체를 보고 싶지 않군요."

"대체 무슨 생각으로 그랬던 걸까요? 거리는 상관없다 해도 종아리에까지 진흙을 묻힌 채 혼자서 걸어오다니! 자립심이 강하다는 걸 보여 주려고 그런 수작을 부린 거겠지. 너무 촌스럽고 예의라고는 눈곱만큼도 없는 행동이야.”

“언니를 사랑하는 마음에서 그렇게 한 것이겠지.” 하고 빙리가 말했다.

“다아시 씨, 엘리자베스 양의 눈이 예쁘다고 그렇게 감탄하시더니 이번 일로 생각이 바뀌진 않으셨나요?” 하고 빙리 양이 속삭이듯 말했다.

“전혀요. 오히려 아침에 먼 길을 걸어와서 그런지 눈이 더 빛나 보이던데요?”

잠시 침묵이 흘렀다. 그 침묵을 깨고 허스트 부인이 말했다.

“난 제인 양이 괜찮은 아가씨라고 생각해. 상냥하기도 하고 귀엽거든. 좋은 사람을 만나서 결혼을 잘하면 좋을 텐데. 하지만 그녀의 부모님도 그렇고 친척들도 다 신분이 낮으니 결혼을 잘하기가 쉽지는 않겠지?”

“그녀의 삼촌이 메리턴에서 변호사를 하고 있다고 들었어.”

“맞아. 그리고 칩사이드 근처에도 또 다른 친척이 산다고 하던데?”

“음, 굉장하군.”

빙리 양이 빈정거리며 웃자, 허스트 부인도 같이 웃었다. 빙리는 큰 목소리로 말했다.

"칩사이드가 가득 찰 만큼 많은 친척이 산다고 해도 그녀들이 매력적이라는 사실은 달라지지 않아."

"하지만 신분이 어느 정도 있는 사람과 결혼할 가능성은 줄어들겠지."

다아시가 이렇게 말하자, 빙리는 더는 아무 말도 하지 않았다. 그의 두 누이는 다아시의 말에 공감하며, 신분이 낮은 베넷 집안의 친척들을 언급하면서 비웃었다.

하지만 그녀들은 갑자기 마음이 바뀌었는지 제인이 있는 방으로 향했다. 그러고는 커피가 준비될 때까지 그 방에 머물렀다. 제인의 상태는 좋아지지 않았다. 늦은 밤, 제인 곁을 지키던 엘리자베스는 제인이 겨우 잠들자, 예의상 아래층으로 내려가 응접실로 갔다. 사람들은 응접실에서 카드놀이를 하고 있었다. 그들은 엘리자베스에게 함께하자고 청했지만, 엘리자베스는 큰돈이 오가는 것 같아서 언니 핑계를 대고는 거절했다. 그러고는 그곳에서 잠시 책을 읽겠다고 말했다. 그 말을 들은 허스트 씨가 깜짝 놀라며 물었다.

"카드놀이보다 책 읽는 게 더 재미있나요? 정말 놀라운 일이군요."

"엘리자베스 양은 대단한 독서광이거든요. 그러니 카드놀이를 깔볼 테고 당연히 즐길 리가 없겠지요."

빙리 양의 말에 엘리자베스는 목소리를 약간 높여서 말했다.

"전 굉장한 독서광이 아니에요. 그러니 특별히 칭찬을 들을 일도 없고, 비난을 받을 이유도 없지요. 물론 다른 것도 좋아하고요."

그러자 빙리가 말했다.

"언니를 간호하는 것도 즐겁지요? 그녀가 얼른 건강해져서 더욱 큰 즐거움을 느끼셨으면 좋겠습니다."

엘리자베스는 진심으로 그에게 감사함을 표현하고는 몇 권의 책이 놓여 있는 테이블로 걸어갔다. 이 모습을 본 빙리는 자기 서재에 있는 다른 책들을 전부 가지고 오겠다고 말했다.

"베넷 양의 만족을 위해서, 그리고 저 자신을 위해서라도 책이 좀 더 많았으면 좋았을 텐데 아쉽군요. 더군다나 저는 게으른 성격이라 많지도 않은 이 책을 다 읽지도 못했답니다."

엘리자베스는 이 책만으로도 충분하다고 말했다.

"정말 기가 찰 노릇이야. 아버지께서 남겨 주신 책이 고작 이것뿐이니. 다아시 씨, 펨벌리에 멋진 서재를 가지고 계셔서 정말 좋으시겠어요." 하고 빙리 양이 말했다.

"멋질 수밖에 없지요. 여러 대에 걸쳐서 만들어진 서재니까요."

"다아시 씨가 모은 것도 있지 않나요? 늘 책을 사시잖아요."

"요즘 같은 때에 서재를 잘 돌보지 않는다는 건 이해할 수 없는 일이에요."

"돌보지 않는다고요? 다아시 씨는 훌륭한 저택에 사시니까 어느 것 하나도 소홀히 할 수 없겠지요. 오빠, 오빠도 나중에 집을 지으면 펨벌리의 반이라도 따라갈 수 있게 잘 끄몄으면 좋겠어요."

"그러면 나도 좋지."

"그렇게 하면 되잖아요. 근처에 땅을 사서 펨벌리를 모델로 해서 지으면 어때요? 잉글랜드 전체를 다녀 봐도 더비셔보다 더 좋은 곳은 없을 거예요."

"좋지. 다아시가 팔겠다고 하면 펨벌리를 몽땅 살 생각도 있어."

"오빠! 저는 현실 가능한 말만 하고 있다고요."

"캐롤라인, 내 말은 진심이야. 어설프게 흉내 내는 겻보다는 차라리 사는 게 훨씬 나을 거야."

엘리자베스는 이들의 대화에 집중하고 있어서 책을 한 줄도 읽을 수가 없었다. 그녀는 책을 덮은 후 카드놀이를 하는 테이블로 다가갔다. 그러고는 카드놀이를 구경하기 위해 빙리와 허스트 부인 사이에 앉았다.

"다아시 씨! 여동생은 봄보다 많이 컸나요?" 하고 빙리 양이 다아시에게 물었다. "저만큼 키가 컸는지 모르겠네요."

"그럴 겁니다. 엘리자베스 양과 비슷하거나 아니면 조금 더 큰 것 같군요."

"다아시 양을 다시 꼭 만나고 싶어요. 그녀처럼 마음에 쏙 드는 사람은 이제까지 없었거든요. 얼굴도 예쁜 데다가 예의도 바르고! 게다가 나이도 어린데 교양도 갖추었고요. 피아노 연주도 너무 훌륭했어요."

"정말 놀라워. 아직 어린 아가씨들이 인내하면서 그런 걸 다 배우다니. 대부분 아가씨가 다 그러잖아." 하고 빙리가 말했다.

"어린 아가씨들이 다 교양을 갖추었다고? 오빠는 무슨 뜻으로 그런 말을 하는 거예요?"

"아니야? 내 생각에는 맞는 거 같은데? 모두 어느 정도 그림을 그리고, 병풍에 장식도 달고, 손지갑을 만들기도 하잖아. 이런 걸 못하는 아가씨가 있을까? 그리고 한 아가씨에 대해서 처음 이야기를 나눌 때면 당연히 그 아가씨는 교양을 갖추었다는 말이 따라붙지."

이 말을 들은 다아시가 말했다.

"그 정도를 가지고 교양을 갖추었다고 말할 수 있다면 자네 말이 완전히 틀린 건 아니겠지. 병풍에 장식을 달고 손지갑을 만드는 것 외에 다른 교양은 전혀 없는 아가씨들에게도 교양이 있다고들 말하니까. 하지만 내 생각은 자네와 완전히 달라. 내가 아는 아가씨 중에 교양을 제대로 갖춘 사람은 여섯 명 정도밖에 되지 않을 거야."

"그 생각에 저도 동의해요." 하고 빙리 양이 말했다.

"그렇다면 당신이 인정하는 교양 있는 여자란 상당히 많은 조건을 지녀야 하겠군요." 하고 엘리자베스가 말했다.

"맞습니다. 매우 많은 조건이 포함되어 있지요."

이때 그의 충실한 조수 역할을 떠맡은 빙리 양이 크게 말했다.

"너무 당연한 말이에요. 평범한 사람들의 수준을 뛰어넘지 못하면 교양이 있다고 말할 수 없지요. 그러기 위해서는 노래나 연주, 그림, 춤, 몇 가지 외국어 등을 완전히 자기 것으로 소화해야 해요. 이뿐만 아니라 걸음걸이나 목소리, 언어 표현 등도 남과는 달라야지요. 그렇지 않다면 교양이라는 말을 가져다 붙일 수도 없어요."

다아시가 덧붙여서 말했다.

"당연히 그런 것을 전부 갖추고 있어야겠지요. 게다가 다양한 분야의 책을 많이 읽어서 내면도 잘 가꾸어 나가야 합니다."

"이제야 교양 있는 여자를 여섯 명밖에 알지 못한다는 게 이해가 되는군요. 그런 여자를 단 한 명이라도 알고 있다는 게 오히려 신기하네요."

"당신도 같은 여자면서 여자를 너무 인색하게 평가하는군요. 그런 조건을 모두 갖춘 여자가 존재할까에 대해 의심하니 말이에요."

"저는 지금까지 그런 여자를 본 적이 없거든요. 당신이 말씀하신 것처럼 뛰어난 재능과 고상한 취미, 그리고 교양까지 전부 갖춘 여자는 보지 못했어요."

허스트 부인과 빙리 양은 엘리자베스의 말에 반박하면서, 자신들은 그런 자격을 갖춘 여자를 많이 알고 있다고 주장했다. 그때 허스트 씨는 카드놀이에 집중하기 힘들다고 불평했다. 결국 이야기는 중단되었고, 엘리자베스는 방을 나가 버렸다. 문이 닫히자 빙리 양이 말했다.

"엘리자베스는 같은 여자를 비하해서 남자들의 관심을 끌려고 하는 것 같아요. 남자들에게는 이런 방법이 통할 수도 있겠지요. 하지만 제가 생각하기에는 무척 저급한 방법 같네요."

빙리 양이 다아시를 보면서 말해서 다음 대답은 다아시가 말했다.

"동의합니다. 남자들의 환심을 사기 위해서 비열한 방법을 쓰는 여자들이 있지요. 그런 행동은 충분히 경멸할 만해요."

빙리 양은 그의 대답이 만족스럽지 않았다. 그래서 더는 그 화제를 꺼내지 않았다.

잠시 후, 엘리자베스가 그 방에 다시 들어왔다. 그녀는 제인의 상태가 안 좋아져서 계속 옆에 있어야겠다고 말했다. 빙리는 바로 존스 씨를 부르려고 했지만, 그의 누이들은 시골 의사를 부르지 말고 런던으로 사람을 보내서 좀 더 유명한 의사를 데려와야 한다고 말했다. 엘리자베스는 그녀들의 주장에 동의할 수 없었다. 하지만 빙리의 의견까지 거절할 이유는 없었다. 그래서 제인이 괜찮아지지 않으면 내일 아침 존스 씨를 부르기로 했다. 빙리는 초조해했고, 그의 누이들도 걱정된다고 말했다. 빙리는 하인에게 제인과 엘리자베스를 잘 돌보라고 당부하는 것으로 초조함을 달랠 수밖에 없었다. 그의 누이들은 노래를 부르면서 저녁 식사 이후의 시간을 보냈다.

9

그날 밤, 엘리자베스는 계속 언니와 함께 있었다. 다음 날 아침이 되자, 빙리는 하인을 보내 제인의 상태가 괜찮은지를 물었다. 빙리 자매의 시중을 드는 부인도 제인이 있는 방을 찾아왔다. 엘리자베스는 언니의 상태가 나쁘지 않다고 대답할 수 있었다. 하지만 엘리자베스는 롱본에 편지를 보내 달라고 부탁했다. 제인의 상태가 많이 좋아지기는 했지만, 어머니가 직접 이곳에 와서 언니의 상태를 판단해 주었으면 하는 바람 때문이었다. 편지는 바로 롱본으로 전해졌고, 그녀가 바라는 답이 왔다. 아침 식사가 막 끝났을 때 베넷 부인은 어린 두 딸을 데리고 네더필드에 도착했다.

제인의 상태가 많이 안 좋았다면 베넷 부인의 걱정이 컸을 것이다. 하지만 제인의 상태가 위중하지 않은 것을 확인한 부인은 제인이 조금이라도 느리게 완쾌하기를 바랐다. 제인이 완전히 회복하면 이곳을 떠나야 하기 때문이다. 그래서 베넷 부인은 얼른 집에 데려가 달라는 제인의 부탁을 흘려들었다. 의사도 환자가 집에 가는 것보다는 이곳에서 움직이지 않는 게 좋다고 말했다. 어머니와 세 딸은 잠시 제인 곁에 있다가 빙리 양의 안내에 따라 식당으로 갔다. 빙리는 친절하게 그들을 맞이하면서 어머니가 예상했던 것보다 제인의 상태가 나쁘지 않았으면 좋겠다고 말했다. 그러자 베넷 부인이 말했다.

"바로 집에 데려갈 정도로 좋지는 않더군요. 존스 선생님께서도 움직이지 않는 게 좋다고 말씀하셨고요. 미안하지만 조금 더 신세를 져야 할 것 같네요."

"움직이다니요?" 하고 빙리가 놀라며 말했다. "어떻게 그런 말씀을 하십니까? 제 누이들도 절대 허락하지 않을 겁니다."

그러자 빙리 양이 정중하지만 냉정하게 말했다.

"부인, 너무 걱정하지 마세요. 따님이 저희 집에 있을 때까지는 최대한 편하게 보살펴 드릴게요."

베넷 부인은 감사의 뜻을 표하며 다음과 같이 덧붙였다.

"이렇게 착하고 친절한 친구분들이 없었다면 저 애가 어떻게 되었을지 아무도 몰랐을 거예요. 참을성이 많은 아이인데도 많이 힘들어하더라고요. 저렇게 착하고 상냥한 아이도 없답니다. 저는 종종 다른 애들한테 이렇게 말해요. 너희 중 누구도 언니와 비교조차 할 수 없다고요. 그런데 빙리 씨, 이 곳의 방들은 정말 훌륭하군요. 자갈을 깔아 놓은 저 길도 너무 멋지고요. 이 근처에서 네더필드만큼 좋은 곳은 찾지 못할 거예요. 계약 기간이 짧다고 들었는데, 그래도 절대 이곳을 떠나지 마세요.”

“저는 성격이 좀 급한 편입니다. 그래서 네더필드를 떠나야겠다고 결심하면 5분 안으로도 떠날 수 있지요. 하지만 지금으로서는 이곳에 계속 살고 싶은 마음이 큽니다.”

“그러실 것 같았어요.” 하고 엘리자베스가 말했다. 그러자 빙리는 엘리자베스를 바라보며 말했다.

“이제야 저를 이해하셨군요.”

“물론이지요. 당신을 잘 이해하고 있어요.”

“그 말씀은 칭찬으로 받아들이고 싶네요. 하지만 너무 쉽게 제 마음을 들킨 것 같아서 무안해지기도 하는군요.”

“그냥 말씀드린 거예요. 그렇다고 빙리 씨보다 조심스럽고 복잡한 성격이 예측하기 더 어렵거나 쉬운 건 아니니까요.”

그때 베넷 부인이 큰소리로 야단쳤다.

“리지야, 말을 가려서 하렴. 집에서처럼 마음대로 말하면 어쩌니?”

“예전엔 몰랐던 사실인데, 따님은 사람의 성격을 연구하는 취미가 있으시군요. 꽤 흥미로운 취미인데요?” 하고 빙리가 말했다.

“맞아요. 성격이 복잡하면 복잡할수록 더욱 흥미롭지요. 그런 성격을 가진 사람들의 장점은 재미있다는 것이거든요.”

“그렇다면 이런 시골에서는 연구 대상을 찾기가 어렵겠군요. 이웃들도 다 아는 사람들이고, 그들에게 별다른 변화도 없으니까요.” 하고 다아시가 끼어들면서 말했다.

“하지만 사람들의 성격은 변하게 마련이지요. 그래서 늘 새로운 것을 관찰할 수 있답니다.”

시골에 대한 다아시의 말에 기분이 상한 베넷 부인은 언성을 높여서 말했다.

“맞아요. 시골도 도시와 다를 바가 없어요.”

모든 사람은 깜짝 놀랐다. 다아시는 잠시 베넷 부인을 바라보다가 아무 말도 하지 않고 고개를 돌렸다. 베넷 부인은 자신이 이겼다는 기쁨에 젖어 의기양양하게 말을 이었다.

“런던이라고 해서 전부 다 시골보다 좋지는 않아요. 상점이나 공원 등을 제외하면 말이에요. 오히려 시골이 더 흥미롭고 좋아요. 안 그런가요, 빙리 씨?”

“저는 시골에 있으면 시골이 좋고, 도시에 있으면 도시가 좋습니다. 시골이든 도시든 각각의 장점이 있으니까요. 그래서 저는 어디에 있든 행복합니다.”

“빙리 씨는 워낙 성격이 좋으시니까요. 하지만 저분은 시골을 영 마음에 들어 하는 것 같지 않네요.”

베넷 부인은 다아시를 힐끔 쳐다보며 말했다.

“그건 엄마가 오해하신 거예요.” 하고 엘리자베스가 얼굴을 붉히며 말했다. “다아시 씨의 말은 도시에 비해 시골에서 다양한 사람을 만나기 힘들다는 뜻이었어요. 엄마가 완전히 말을 잘못 들으신 거라고요.”

“어머, 얘야. 누가 뭐라 했니? 하지만 이 근처에서 사람을 많이 만나지 못한다고 했는데, 사실 여기처럼 이웃이 많은 곳이 어디 있니? 우리와 함께 식사하는 집안만 스물넷이나 되는데 말이야.”

빙리는 베넷 부인의 말에 웃음이 터져 나오려고 했다. 하지만 그는 엘리자베스의 기분을 상하게 하고 싶지 않아서 웃음을 참았다. 그의 누이는 그만큼 배려심이 많지 않아서 다아시 쪽으로 고개를 돌리고는 웃었다. 엘리자베스는 얼른 화제를 돌리기 위해서 자기가 이곳에 와 있을 때 샬럿이 롱본에 왔었는지를 물었다.

“응, 어제 자기 아버지와 함께 왔었단다. 윌리엄 경은 정말 너무 좋은 분이야. 빙리 씨, 안 그런가요? 상류층에 너무나 잘 어울리는 분이에요. 점잖으신 데다가 온화하고 누구에게나 친절을 베푸시지요. 이런 게 타고난 교양이지! 거만해서 다른 사람과 대화하지 않으려는 사람은 교양에 대해서 단단히 잘못 생각하고 있는 거예요."

"샬럿과 같이 식사하셨어요?"

"아니, 집에 가야 한다고 해서 식사는 같이 못 했다. 민스파이(잘게 다진 고기를 넣고 구워서 만든 파이)라도 만들어야 하는 일이 있었나 봐. 빙리 씨, 저희는 맡은 일을 제대로 해내는 하인들을 두고 있어서 딸들에게 요리까지 가르치지는 않았답니다. 그래도 누구나 자기 입장에서 판단하게 마련이지요. 그런 면에서 루카스 씨 댁의 딸들은 꽤 괜찮다고 할 수 있어요. 얼굴이 예쁘지 않다는 게 아쉽긴 하지만요. 뭐 그렇다그 샬럿이 많이 못생겼다는 뜻은 아니에요. 그 애는 저희와 다주 친하거든요."

"그녀는 아주 좋은 사람 같더군요." 하고 빙리가 말했다.

"그럼요. 하지만 예쁘지 않다는 건 인정하셔야 해요. 루카스 부인도 늘 제인이 예쁘다고 칭찬하면서 많이 부러워했지요. 제 딸을 제 입으로 자랑하는 건 아니지만, 제인만큼 외모가 뛰어난 아이는 드물거든요. 제가 엄마라서 이러는 기 아니라 다른 사람들도 전부 인정한 사실이라니까요. 제인이 열다섯 살쯤 되었을 때인가, 이런 일도 있었어요. 런던에 사는 제 남동생 가디너 집에 갔을 때 한 손님이 제인을 너무 좋아하시더라고요. 어찌나 좋아했던지 올케는 우리가 그곳을 떠나기 전에 그분이 제인에게 청혼할 것이라고 말하기도 했지요. 물론 그런 일이 벌어지진 않았어요. 그분은 제인이 너무 어리다고 생각했겠지요. 하지만 그분은 제인에 관한 시를 몇 편 썼어요. 너무나 아름다운 시였지요."

이때 참다못한 엘리자베스가 말했다.

"그분의 사랑은 그렇게 끝나 버렸답니다. 이런 식으로 끝난 사랑은 얼마나 많을까요? 대체 사랑을 몰아내는 데 시가 효과적이라는 것을 발견한 사람은 누구일까요?"

"저는 시란 사랑의 양식이라고 여겨 왔습니다." 하고 다아시가 말했다.

"건강하고 멋진 사랑이라면 그렇겠지요. 원래부터 강하다면 무엇이든 양식이 될 수 있을 거예요. 하지만 그저 순간적인 감정에 불과하다면 어떨까요? 정말 뛰어난 시를 한 편만 쓰고 나면 다 말라 버리고 말 거예요."

다아시는 아무 말도 하지 않고 미소만 지었다. 모두가 침묵을 지키자, 엘리자베스는 어머니가 또 주책을 부리지 않을까 걱정되었다. 그래서 자신이 먼저 말하고 싶었지만, 무슨 말을 먼저 꺼내야 할지 생각나지 않았다. 그렇게 잠깐 아무도 말하지 않았다. 베넷 부인은 빙리에게 제인을 잘 챙겨 주고 친절을 베풀어 주어서 감사하다고 말했다. 또한 의도치 않게 엘리자베스가 불편을 끼친 점에 대해서도 사과했다. 빙리는 바로 정중하게 대답한 후 자신의 누이에게도 인사하라고 말했다. 빙리 양은 상냥하지는 않았지만 의례적으로 답했다. 베넷 부인은 어느 정도 만족해하며 마차를 준비하도록 했다. 이를 신호로 베넷 부인의 어린 두 딸이 앞으로 나왔다. 그녀들은 네더필드에 와 있는 동안 계속 머리를 맞대고 무언가를 속닥거리며 의논했다. 그 내용은 빙리가 처음에 이 지역으로 이사 왔을 때 네더필드에서 무도회를 열겠다고 한 약속을 지켜 달라고 조르자는 것이었다. 이것은 막내딸인 리디아가 말하기로 했다.

리디아는 열다섯 살이었지만 성숙한 느낌을 물씬 풍겼고, 피부가 좋은 데다가 건강한 소녀였다. 베넷 부인은 이러한 리디아를 가장 아껴서 어릴 때부터 다른 사람들 앞에 내세우곤 했다. 그녀는 기가 세고 타고난 자만심도 지니고 있었다. 예전에 그녀의 이모부가 훌륭한 만찬을 준비했을 때 그녀의 태도에 호감을 보인 장교가 많았다. 그래서 그녀의 자만심은 자신감으로 커져 있었다. 이러한 자신감으로 그녀는 빙리에게 무도회에 관한 이야기를 어렵지 않게 말할 수 있었다. 그녀는 빙리에게 약속에 대한 주의를 환기하면서 약속을 지키지 못한다면 무척 수치스러운 일이 될 거라고 말했다. 리디아의 갑작스러운 공세에도 빙리는 시원하게 대답했다. 베넷 부인은 이 대답이 무척 만족스러웠다.

"약속은 꼭 지켜야지요. 하지만 언니가 계속 아픈데 춤추고 싶지는 않으시겠지요? 언니가 회복하는 대로 좋은 날짜를 정해 주세요. 그러면 그날 무도회를 열겠습니다."

리디아 역시 빙리의 대답에 만족했다.

"맞아요. 언니가 나을 때까지 기다려야지요. 그때쯤 되면 카터 대위도 메리턴으로 돌아오실 테니까요. 네더필드에서 먼저 무도회를 열어 주신다면 그분들에게도 무도회를 열어 달라고 부탁할 거예요. 포스터 대령께는 무도회를 열지 않는 건 수치라고 말씀드릴 거고요."

잠시 후 베넷 부인과 두 딸은 네더필드를 떠나고, 엘리자베스는 제인에게 돌아갔다. 엘리자베스와 그녀 가족들의 태도를 평가하는 건 두 숙녀와 다아시의 몫이었다. 빙리 양은 '아름다운 눈'이라는 표현을 두고 갖은 방법으로 놀렸지만, 다아시는 그녀의 말에 조금도 동의하지 않았다.

10

그날도 그 전날과 비슷하게 흘러갔다. 허스트 부인과 빙리 양은 오전 시간 대부분을 제인 곁에서 보냈다. 제인은 느리긴 하지만 조금씩 상태가 좋아지고 있었다. 저녁이 되자 엘리자 베스는 응접실로 가서 다른 사람들과 함께 시간을 보냈다. 전날과는 다르게 모든 사람이 카드놀이를 하고 있지는 않았다. 다아시는 편지를 쓰고 있었고, 빙리 양은 그 옆에 앉아 그를 지켜보고 있었다. 그녀는 계속 그의 여동생에게 안부를 전해 달라고 말해서 다아시의 주의를 산만하게 만들었다. 허스트 씨와 빙리는 피케(카드놀이의 한 종류)를 하고 있었고, 허스트 부인은 그들의 승부를 구경하고 있었다.

엘리자베스는 조용히 앉아서 뜨개질하면서 다아시와 빙 리 양의 대화에 귀를 기울였다. 빙리 양은 다아시의 필체가 훌륭하고 행도 고른 데다가 편지의 길이도 아주 적당하다며 칭찬했지만, 다아시는 아무런 반응도 보이지 않았다. 두 사람의 대화는 묘한 느낌을 주었다. 이러한 두 사람의 모습은 그동안 엘리자베스가 그들을 생각해 왔던 것과 정확하게 일치했다.

"다아시 양이 이 편지를 받으면 너무 좋아하겠어요!"

다아시는 여전히 대답이 없었다.

"편지를 빨리 쓰시는 편이네요."

"그렇지는 않아요. 오히려 느리게 쓰는 편이지요."

"1년 동안 써야 하는 편지가 아주 많겠지요? 사업상 써야 하는 것까지 다 합치면요. 저라면 너무 지긋지긋해서 쓰지 못할 텐데."

"그런 일을 빙리 양이 아닌 제가 하고 있어서 다행이네요."

"다아시 양에게 제가 너무 보고 싶어 한다고 꼭 전해 주세요."

"안 그래도 아까 그 내용을 썼습니다."

"펜 상태가 안 좋은 것 같네요. 제가 금방 고쳐 드릴게요. 전 펜 고치는 데 소질이 있거든요."

"성의는 감사하지만, 제가 고쳐도 될 것 같네요."

"글씨를 너무 반듯하게 잘 쓰시는 것 같아요. 어떻게 그렇게 쓸 수 있지요?"

다아시는 어떤 대답도 하지 않았다.

"다아시 양에게 이 말도 전해 주세요. 하프 실력이 많이 늘었다니 너무 대단하다고요. 아, 그리고 예쁜 그림도 아주 마음에 들었고, 그랜틀리 양의 것보다 훨씬 훌륭했다는 내용도 써 주세요."

"그 내용은 다음 편지에 적는 것으로 미루어도 되겠습니까? 여기에는 쓸 만한 공간이 없군요."

"그다지 중요한 말은 아니니까 괜찮아요. 1월이면 만날 수 있을 테고요. 그나저나 항상 다아시 양에게는 그렇게 길고 멋진 편지를 쓰시나요?"

"길게 쓰는 편이지요. 멋진 건 잘 모르겠지만."

"긴 편지를 쉽게 쓸 수 있다면 편지를 잘 쓰는 거 아닐까요?"

이때 빙리가 끼어들면서 말했다.

"캐롤라인, 칭찬이라고 하는 말이니? 내가 아는 다아시는 절대 편지를 쉽게 쓰지 않거든. 다아시! 자네는 4음절의 단어를 생각하느라 무진장 머리를 굴리고 있군. 안 그런가?"

"내가 글을 쓰는 방식은 자네와 아주 다르지."

"오빠는 정말 편지를 뒤죽박죽 아무렇게나 쓰는 스타일이에요. 단어는 반쯤은 빼먹고 쓰는 데다가 내용도 알찬 편이 아니지요." 하고 빙리 양이 말했다.

"생각이 너무 빨리 떠올랐다가 사라져서 그런 거야. 그러니 글로 미처 표현할 겨를이 없는 거지. 그래서 종종 내 생각이 편지를 받는 사람에게 잘 전달되지 않기도 해."

"빙리 씨, 너무 겸손하게 말씀하시는군요." 하고 엘리자베스가 말했다.

"겸손한 척하는 것처럼 사람을 속이는 건 없습니다. 그건 때로는 성의 없는 태도이거나 간접적인 자만이 될 수도 있으니까." 하고 다아시가 말했다.

"그렇다면 내 겸손은 어디에 해당하는 건가?"

"그거야 물론 간접적인 자만 쪽이지. 자네는 편지를 쓸 때의 결함을 은근히 자랑처럼 내세우고 있지 않나? 자네는 그것을 생각이 빨리 떠오르는 것과 표현을 제대로 하지 못하는 데서 나오는 결함이라고 여기고 있고, 그것을 흥미로운 일이라고 생각하는 것 같아. 어떤 일이든 신속하게 처리하는 사람은 그러한 성향을 자랑스럽게 생각하고, 과정에서의 결함은 별로 신경 쓰지 않지. 오늘 아침에 자네가 베넷 부인에게 했던 말을 떠올려 보게. 자네는 네더필드를 떠나려고 결심하면 5분 안에도 떠날 수 있다고 말했지. 그 말은 자신에게 보내는 찬사에 불과해. 그렇게 서둘러서 떠난다면 정말 중요한 일을 처리하지 않은 채 그냥 가겠지. 이러한 태도는 자신이나 다른 사람에게까지 아무런 이익을 주지 못해. 그런 게 무슨 소용이 있겠나?"

다아시의 말에 빙리가 다소 큰 목소리로 반박했다.

"너무하는 거 아닌가? 아침에 한 말을 지금 와서 하나하나 지적하다니. 내 명예를 걸고 얘기하자면, 나는 조금도 거짓이 없었고 지금도 그렇게 믿고 있네. 그러니까 여자들에게 잘 보이기 위해서 불필요하게 거만한 행동을 한 것은 아니야."

"나도 자네가 솔직하게 얘기했다고 생각하네. 하지만 나는 자네가 그렇게 빨리 네더필드를 떠날 거라고 생각하지 않아. 자네의 태도도 다른 사람들처럼 우연에 의해서 달라질 수 있거든. 만약 자네가 친구 집에 있다가 떠나려고 말을 타는데, 친구가 자네한테 1주일만 더 머무르다 가라고 말한다면 자네는 아마 그렇게 할 거야. 친구가 한마디라도 더 말하던 한 달 동안이라도 있을걸."

"빙리 씨가 자신의 성격을 제대로 파악하고 있지 못하다는 뜻이군요. 다아시 씨는 빙리 씨의 성격을 과장되게 보신 거 같고요." 하고 엘리자베스가 말했다.

"고맙습니다. 친구의 말을 제 성격이 좋다는 칭찬으로 바꾸어 주시다니. 하지만 저 친구의 말을 잘못 받아들이신 것 같군요. 다아시는 그런 상황에서 제가 친구의 부탁을 단칼에 거절하고는 말을 타고 바로 떠나는 것을 훨씬 더 바람직하게 생각할 테니까요."

"그렇다면 다아시 씨는 빙리 씨의 성격이 경솔한데 마음 먹은 일을 끝까지 밀고 나가면 그 성격이 보완된다고 생각하시는 건가요?"

"제가 그 질문에 정확하게 대답하기는 힘들 것 같군요. 다아시에게 직접 물어보시는 게 낫지 않을까요?"

"자네 멋대로 내 의견이라고 말하고는 나보고 설명하라고 하는군. 나는 절대 내 의견이라고 말한 적이 없네. 그리고 베넷 양, 지금 말씀하신 상황이라고 가정하더라도 아까 얘기했던 것처럼 빙리의 친구가 더 머무르라고 했을 때 그냥 밀고 나가기를 바란 것은 그저 저의 바람이었습니다. 그렇게 하는 것이 옳다거나 낫다는 이유는 전혀 없지요."

"다아시 씨는 친구의 말에 순순히 따르는 것을 바람직하지 않다고 생각하시는군요."

"친구의 말이라고 무조건 따른다면 양쪽 모두 사고력에 심각한 문제가 있다는 뜻이겠지요."

"다아시 씨는 우정이나 애정 같은 감정을 전혀 고려하지 않으시네요. 자신이 존중하는 상대방이 진심으로 요청한다면 그 이유를 듣기 전에 선뜻 부탁을 들어주는 경우가 많지요. 이 점은 아까 다아시 씨가 빙리 씨한테 가정한 사건만 두고 말씀드리는 게 아니에요. 태도에 대해서 이러쿵저러쿵 논하지 않아도 그 상황이 닥치면 알게 되겠지요. 하지만 일반적으로 한 친구가 다른 친구에게 그다지 중요하지 않은 결정을 바꾸어 달라고 부탁했을 때 바로 그 부탁을 들어주었다면 그 사람이 잘못한 것일까요?"

"이 문제에 관해서 계속 얘기하기 전에 당사자들이 얼마나 친밀하고, 그 부탁이 얼마나 중요한 것인지 먼저 분명히 해야 할 것 같군요."

"그렇다면 지금부터 아주 자세하게 얘기해 볼까요? 두 사람의 키와 몸무게도 포함해서 말이에요. 이 점은 베넷 양이 생각하시는 것보다 훨씬 중요하거든요. 사실 다아시가 저렇게 키가 크지 않았다면, 저는 지금처럼 다아시를 존경하지 않았을지도 모릅니다. 가끔 저는 다아시가 무서울 때가 있어요. 다아시의 집에서, 다아시가 별로 할 일이 없는 일요일 밤에 특히 그렇지요."

다아시는 미소를 지었다. 하지만 그의 기분이 좋지 않다고 느낀 엘리자베스는 웃지 않았다. 빙리 양은 오빠에게 왜 그런 말을 하느냐고 나무라며 다아시를 모욕했다고 몹시 화를 냈다.

"빙리, 이제야 자네 의도를 알 것 같군. 자네는 따지면서 싸우는 걸 싫어하니까. 그래서 이 싸움을 중단시키려고 하는 거지?" 하고 다아시가 말했다.

"그래, 맞아. 자꾸 따지다 보면 금세 싸우겠지. 내가 방에서 나갈 때까지만 자네와 베넷 양이 논쟁을 벌여 주지 않았으면 좋겠네. 내가 나가고 난 후에는 얼마든지 나에 관해서 얘기해도 좋아."

"네, 그렇게 할게요. 다아시 씨는 얼른 편지를 마무리하시는 게 좋을 거 같고요."

다아시는 엘리자베스의 말대로 편지 쓰는 일을 계속했다.

편지를 마무리한 다아시는 빙리 양과 엘리자베스에게 연주해 달라고 부탁했다. 빙리 양은 곧바로 피아노 앞으로 가서 엘리자베스에게 먼저 연주하라고 권했다. 하지만 엘리자베스는 정중하게 거절했다. 그러자 빙리 양은 어쩔 수 없다는 표정으로 피아노 앞에 앉았다.

그녀는 반주하면서 허스트 부인과 함께 노래를 불렀다. 그들이 노래를 부르는 동안, 엘리자베스는 피아노 위에 놓여 있던 악보 몇 개를 뒤적였다. 그때 그녀는 다아시의 눈길이 계속 자신을 향하고 있음을 눈치챘다. 그녀는 자신이 다아시처럼 대단한 남자의 관심을 받아도 되는지 혼란스러웠다. 그렇다고 해서 자신을 미워하고 싫어하는 데 계속 쳐다본다는 것은 더욱 이상한 일이었다. 결국 엘리자베스는 그곳에 있는 사람들 가운데 자신이 뭔가 지적할 점이 많아서 그의 관심을 끈 것으로 생각했다. 이러한 생각 때문에 그녀가 괴로웠던 것은 아니었다. 그녀는 다아시가 별로 마음에 안 들었기 때문에 그가 자신을 어떻게 생각하든 크게 중요하지 않았다.

빙리 양은 이탈리아 노래 몇 곡을 연주한 후 발랄한 느낌의 스코틀랜드 곡을 연주했다. 그때 다아시가 엘리자베스에게 다가와서 말했다.

"베넷 양! 릴(스코틀랜드 고지인(高地人)들이 추는 경쾌한 느낌의 춤)을 추고 싶지 않으신가요?"

엘리자베스는 살짝 미소를 지었지만 아무 말도 하지 않았다. 다아시는 약간 놀라며 질문을 반복했다. 그제야 엘리자베스는 대답했다.

"아, 아까 말씀하신 것을 듣긴 했지만, 당장 어떻게 대답해야 할지 생각이 나질 않네요. 다아시 씨는 제 취미를 경멸하려고 제 대답을 듣고자 하시는 거 같은데, 제 즐거움은 그런 사람들의 계획을 무산시키는 것이거든요. 그래서 저는 릴 같은 건 줄 생각이 전혀 없다고 대답하겠어요. 이제 저를 경멸하고 싶으시면 그렇게 해 보세요."

"전 그렇게 할 생각이 전혀 없습니다."

다아시에게 모욕을 주려고 했던 엘리자베스는 그의 반응에 깜짝 놀랐다. 사실 그녀는 상대방에게 모욕을 주려고 해도 상냥함을 잃지 않았기 때문에 한계가 있었다. 더구나 지금까지 엘리자베스만큼 다아시의 마음을 사로잡은 여자는 없었다. 그는 엘리자베스의 가족이나 친척의 신분이 조금만 더 높았다면 자신은 현재 돌이킬 수 없는 상황에 부닥쳤을지도 모른다고 생각했다.

두 사람을 바라보던 빙리 양은 질투를 느꼈다. 그래서 그녀는 제인이 빨리 회복되기를 바랐다. 이 바람은 엘리자베스를 얼른 내쫓아야 한다는 생각 때문에 점점 더 강렬해졌다.

빙리 양은 몇 번이고 다아시와 엘리자베스가 결혼한 상황을 가정한 뒤, 그가 어떻게 해야 결혼이 행복할 수 있을지를 이야기했다. 그러면서 그녀는 다아시가 엘리자베스를 싫어하도록 애썼다.

다음 날이었다. 빙리 양은 다아시와 숲길을 산책하면서 말했다.

"두 분이 결혼하시면 꼭 장모님께 너무 말을 많이 하지 말고 가만히 계시는 게 좋다고 넌지시 말씀드리세요. 그리고 처제들이 장교들 뒤를 졸졸 쫓아다니지 않도록 충고도 해 주시고요. 이런 말씀을 드리기는 좀 그렇지만, 부인 되실 쿤의 거만한 태도와 무례함은 얼른 고치는 게 좋겠다는 말도 전해 주세요."

"제 가정의 행복을 위해 해 줄 다른 제안은 없나요?"

"물론 또 있지요. 필립스 이모부님 부부의 초상화를 펨벌리의 회랑에 거세요. 판사셨던 증조부님 초상화 바로 옆에다요. 약간 다르긴 하지만 그분들은 같은 직업에 종사하셨으니까요. 엘리자베스 양의 초상화는 그리기 너무 어려울 거예요. 왜냐고요? 세상에 어떤 화가가 그 예쁜 눈을 제대로 그리겠어요?"

"말씀하신 대로 눈의 표정을 포착하기가 쉽지는 않겠지요. 하지만 눈의 색깔이나 모양 그리고 아름다운 속눈썹은 그대로 그릴 수 있을 거예요."

그때 두 사람은 다른 산책길에서 걸어오던 허스트 부인과 엘리자베스와 마주쳤다.

"두 분이 산책하고 계실 줄은 전혀 몰랐네요."

빙리 양은 두 사람이 자기가 한 말을 혹시 들었나 싶어서 당황스러운 목소리로 말했다.

“너무하네요. 산책한다는 말도 없이 몰래 나가다니.”

허스트 부인은 이렇게 말하면서 다아시의 한쪽 팔을 붙들었다. 그러고는 엘리자베스가 혼자 뒤처져서 걷도록 내버려 두었다. 그 길은 세 명 정도가 함께 걷기에 딱 적당했다. 무례한 행동을 하고 있다고 느낀 다아시는 얼른 이렇게 말했다.

“이 길은 네 명이 함께 걷기에는 너무 좁군요. 가로수 길로 가는 게 좋겠어요.”

하지만 그들과 함께 걷고 싶지 않았던 엘리자베스는 웃으면서 말했다.

“그러실 필요 없어요. 그냥 그대로 계세요. 세 분이 함께 걸어가는 모습이 무척 잘 어울려요. 구도도 너무 멋진걸요. 거기에 제가 끼면 아름다운 그림을 망치고 말 거예요. 저는 먼저 가 볼게요.”

말을 마친 엘리자베스는 경쾌하게 뛰어갔다. 그녀는 하루나 이틀 정도 지나면 집으로 돌아갈 수 있다는 희망을 품고 주변을 돌아다녔다. 그날 저녁, 제인은 두 시간 정도 방에서 나와 있어도 괜찮을 만큼 회복되었다.

11

저녁 식사가 끝나고 숙녀들이 식당을 나가자, 엘리자베스는 바로 제인에게 달려갔다. 엘리자베스는 언니가 춥지 않도록 옷을 입힌 후 그녀를 데리고 응접실로 들어갔다. 그곳에 있던 두 친구는 제인을 환영하며 기쁘다고 인사했다. 그녀들은 신사들이 돌아올 때까지 엘리자베스가 이전에 보지 못했을 정도로 유쾌하게 행동했다. 그녀들의 말솜씨는 대단했다. 그녀들은 어떤 파티에 관해 묘사하기도 하고, 농담을 섞어서 어떤 일화에 관해서도 이야기했으며, 지인들을 즐겁게 놀리기도 했다.

하지만 신사들이 나타나자, 그녀들은 더는 제인에게 관심을 보이지 않았다. 빙리 양은 즉시 다아시 쪽으로 눈길을 돌렸고, 그가 방 안으로 몇 걸음 들어오기도 전에 할 말을 생각났는지 그에게 말을 붙였다. 다아시는 먼저 제인에게 몸이 회복된 것을 축하한다고 말을 건넸다. 허스트 씨도 살짝 고개를 숙이면서 기쁘다고 말했다. 반면 빙리의 인사에는 정성과 기쁨이 가득 담겨 있었다. 그는 제인이 혹시라도 추위를 느끼지 않을까 걱정되어서 30분 정도 불을 지피는 데 시간을 보냈다. 그리고 그녀를 문에서 멀리 떨어진 벽난로 근처로 오도록 했다. 이후에 빙리는 그녀의 옆에 앉아서 그녀하고만 대화를 나누었다. 엘리자베스는 건너편 자리에서 뜨개질하면서 이 모습을 흐뭇한 표정으로 바라보았다.

차를 마시고 난 후 허스트 씨는 처제에게 카드놀이를 하면 어떻겠냐고 살짝 눈치를 주었다. 하지만 소용없었다. 빙리 양은 다아시가 카드놀이를 별로 즐기지 않는다는 사실을 알고 있었다. 허스트 씨는 직접 카드놀이를 하자고 말했지만, 그것 역시 단칼에 거절당하고 말았다. 그녀는 아무도 카드놀이를 하고 싶어 하지 않는다고 말했다. 마침 모두가 침묵을 지키고 있기도 했다. 결국 할 일이 없어진 허스트 씨는 소파에 기대서 잠을 청할 수밖에 없었다. 다아시가 책을 펼치자, 빙리 양도 똑같이 따라 했다. 허스트 부인은 자신의 팔찌와 반지를 만지작거리면서 동생과 제인의 대화에 가끔 끼어들었다.

빙리 양은 다아시가 책을 읽는 모습을 살펴보면서 계속 질문하거나 그가 읽는 페이지를 넘겨다보곤 했다. 그녀가 고른 책은 다아시가 읽고 있는 책의 둘째 권이었다. 하지만 그녀는 다아시와 계속 대화를 이어 가지 못했다. 그는 빙리 양의 질문에만 대답하고는 다시 책을 읽는 것에 집중했다. 그러자 그녀가 하품한 후 말했다.

"이렇게 저녁을 보내는 것도 참 즐겁네요. 독서보다 더 큰 즐거움이 어디 있겠어요? 책 이외에 다른 것들은 금방 싫증이 나니까요. 나중에 내 집이 생겼을 때 훌륭한 서재가 없다면 정말 끔찍할 거예요."

누구도 그녀의 말에 대답하지 않았다. 그러자 빙리 양은 또 하품하더니 결국 책을 덮어 버렸다. 그러고는 다른 재미있는 일이 없는지 이리저리 방 안을 둘러보았다. 그때 그녀는 빙리가 제인에게 무도회에 관한 이야기를 하는 것을 듣게 되었다. 빙리 양은 잽싸게 대화에 끼어들었다.

"오빠! 진짜 네더필드에서 무도회를 열 거예요? 그렇다면 결정하기 전에 여기 계신 분들의 의견을 들어보는 건 어때요? 무도회를 즐거운 것이 아니라 벌을 받는 것처럼 생각하는 분도 있거든요."

"다아시 말이니? 그렇다면 무도회가 열리기 전에 잘 수밖에 없지. 무도회를 열기로 한 건 이미 결정된 일이야. 니콜스가 흰 수프만 충분히 만들면 지금이라도 초대장을 보낼 수 있어." 하고 빙리가 큰 소리로 말했다.

"하지만 그런 무도회는 너무 지루해요. 무도회를 좋아하긴 하지만, 좀 색다르게 진행된다면 좋을 텐데. 차라리 무도회 대신 대화하는 모임을 하는 게 더 합리적일 거예요."

"합리적이긴 하겠지. 하지만 무도회 기분이 전혀 나지 않을 텐데?"

빙리 양은 오빠의 말에 대답하지 않은 채 일어서서 방 안을 돌아다니기 시작했다. 그녀는 날씬했고 걸음걸이도 우아했다. 하지만 다아시는 이런 모습에 관심을 두지 않고 여전히 독서에 몰두해 있었다. 빙리 양은 한 가지 방법을 더 써 봐야겠다고 결심한 후 엘리자베스에게 말했다.

"엘리자베스 양! 저처럼 방 안을 걸어 보는 게 어때요? 오래 앉아 있다가 걸으면 기분이 훨씬 좋을 거예요."

엘리자베스는 놀란 표정을 지었지만, 바로 빙리 양의 제안에 따랐다. 빙리 양의 예의 바른 태도는 효과를 거두었다. 다아시가 그녀를 쳐다보았기 때문이다. 그는 엘리자베스처럼 빙리 양의 친절이 이상하다고 생각했고, 그래서 자신도 모르게 책을 덮은 것이다. 빙리 양은 다아시에게 자신들과 함께 걷자고 말했다. 하지만 그는 두 사람이 방 안을 걸으려는 이

유가 있을 텐데 자신이 합류하면 방해만 될 것이라며 거절했
다.

"그게 무슨 말이지? 무슨 의미인지 궁금해 죽겠는걸."

빙리 양은 엘리자베스에게 다아시의 말뜻을 알겠느냐고
물었다.

"전혀 모르겠는걸요. 하지만 확실한 건 우리를 비관하는
의미가 담겨 있다는 거예요. 그러니 다아시 씨가 실망하게 하
려면 아무것도 묻지 말아야 해요."

하지만 빙리 양은 어떤 일에서든지 다아시에게 실강감을
주고 싶지 않았다. 그래서 그 이유를 설명해 달라고 끈질기게
졸랐다.

"그 이유를 설명하는 거야 전혀 어려운 일이 아니지요. 두
분이 같이 방 안을 걸으려고 한 것은 비밀스러운 대화를 나
누고 싶었거나, 아니면 두 분 자신이 걷는 모습이 아름답다고
생각했기 때문일 겁니다. 첫 번째 이유가 맞았다면 확실히 제
가 방해될 것이고, 두 번째 이유라면 차라리 여기에 갖아서
두 분의 아름다운 걸음걸이를 보는 게 더 낫겠지요."

이 말을 들은 빙리 양이 달아오른 얼굴로 외쳤다.

"어머! 어떻게 그런 말씀을 하시나요. 이렇게 모욕적인 말
은 처음 들어 보네요. 그런 말씀을 하셨으니 어떻게 흔을 내

야 할까?”

“마음만 먹으면 쉬운 일이에요.” 하고 엘리자베스가 말했다. “괴롭히거나 놀려 주는 건 누구나 할 수 있는 일이잖아요. 친한 사이시니까 어떻게 해야 하는지는 잘 알고 있지 않나요?”

“전 하나도 모르겠어요. 그것까지 알고 있을 만큼 다아시 씨와 친한 건 아니라고요. 침착하고 냉정한 저 사람을 놀려 주라고요? 전 못하겠어요. 그렇게 한다고 해도 눈 하나 깜짝하지 않을 사람이에요. 그리고 괜히 비웃다가 저만 망신당할지도 몰라요. 이렇게 되면 다아시 씨한테만 좋은 일이잖아요.”

“다아시 씨를 비웃으면 안 된다고요?” 하고 엘리자베스가 외쳤다. “정말 보기 드문 장점이군요. 그런 사람이 많으면 저 같은 사람은 곤란하겠네요. 전 농담하고 웃는 것을 좋아하니까요.”

“빙리 양은 저를 너무 좋게 평가해 주시는군요. 가장 현명하고 올바른 사람, 아니 가장 현명하고 올바른 행위일지라도 농담을 인생 최고의 목표로 삼는 사람에게는 놀림거리가 될 뿐이지요.”

“그런 사람들이 있긴 하지만, 전 그런 부류에 끼워 주지 않으셨으면 좋겠군요. 현명하고 올바른 것을 조롱하고 싶지는 않거든요. 하지만 어리석거나 변덕스럽고 무분별한 행위를 보면 마구 놀려 주고 싶긴 해요. 그런 기회를 놓칠 수는 없지요. 하지만 다아시 씨에게는 그런 점이 전혀 없는 것 같다요." 하고 엘리자베스가 말했다.

"절대 쉽지는 않을 거예요. 하지만 제 일생의 과제는 너무 똑똑해서 오히려 놀림거리가 되는 것을 피하는 것이지요."

"허영심이라든가 오만 말씀하시는 건가요?"

"맞습니다. 허영심은 정말 어리석은 거예요. 하지만 진짜 똑똑한 사람이라면 오만은 잘 조절할 수 있지요. 그렇게 되면 오만이 아니라 자부심이라고 하는 게 맞겠네요."

엘리자베스는 웃음을 감추기 위해 고개를 돌렸다.

"다아시 씨에 대한 테스트는 이제 끝났나요? 결과는 어떻게 나왔나요?" 하고 빙리 양이 말했다.

"다아시 씨에게는 결점이 조금도 없다는 쪽으로 결론이 났어요. 본인도 결점을 감추지 않고 인정하시니까요."

"아닙니다." 하고 다아시가 말했다. "저는 그런 적이 없어요. 저는 사실 결점이 많습니다. 하지만 그 결점이 지적인 부분과 관련이 없기를 바라는 거지요. 저는 성격도 그다지 좋지 않습니다. 살아가는 데 지장을 줄 만큼 고집이 세니까요. 다른 사람이 저지른 어리석은 짓이나 저에게 잘못한 행동, 그들의 단점 등은 금방 잊어버려야 하는데 잘 잊지를 못해요. 다른 사람이 아무리 제 마음을 바꿔 보려고 시도해도 쉽게 넘어가지 않고요. 그러니까 저한테 한번 잘못 보이면 그걸로 영원히 끝이지요."

"그건 확실한 결점이군요!" 하고 엘리자베스가 말했다. "화가 났던 원인을 잘 잊지 못한다는 건 절대 좋은 성격이 아니지요. 하지만 다아시 씨는 자신의 결점을 정확하게 알고 계시니 제가 어떻게 놀려야 할지 모르겠네요. 그러니 마음 놓으세요."

"모든 사람의 성격에는 조금씩 이상한 부분이 있어요. 그건 타고난 거라 아무리 훌륭한 교육을 받아도 극복할 수 없을 거예요."

"그러니까 다아시 씨의 결함은 모든 사람을 미워하는 것이지요."

다아시는 미소를 지으며 말했다.

"당신의 결함은 다른 사람의 말을 일부러 좋지 않게 들으려 하는 것이고요."

"우리 이제 음악 감상이나 할까요?"

두 사람이 자기가 끼어들기 힘든 이야기를 계속하자 싫증을 느낀 빙리 양이 말했다.

"언니, 형부를 깨워도 괜찮아?"

그녀의 언니는 상관없다고 말했다. 빙리 양은 피아느 뚜껑을 열었다. 다아시는 잠시 숨을 고른 후 대화가 중단된 것에 만족했다. 그는 자신이 엘리자베스에게 지나치게 관심을 두고 있는 게 아닌가 염려되었기 때문이다.

12

이튿날 아침, 엘리자베스는 언니와 의논한 끝에 어머니에게 마차를 빨리 보내 달라는 내용의 편지를 썼다. 하지만 베넷 부인은 제인과 엘리자베스가 다음 화요일까지는 네더필드에 있을 거라 예상했다. 그날이 제인이 네더필드에 묵은 지 1주일이 되는 날이기 때문이었다. 그래서 베넷 부인은 그 전에 두 딸이 집으로 돌아오는 것을 바라지 않았다. 따라서 어머니의 답신은 엘리자베스의 바람과 완전히 어긋났다. 베넷 부인의 편지에는 화요일 전까지는 마차를 사용할 수 없다는 내용과 만일 빙리와 그의 누이들이 좀 더 있으라고 권하면 돌아오지 않아도 된다는 말이 덧붙어 있었다. 하지만 엘리자베스는 네더필드에 더 머물지 않기로 굳게 결심했고, 빙리와 그의 누이들이 더 있으라고 권하리라는 기대도 접었다. 오히려 엘리자베스는 쓸데없이 오래 머무르는 게 폐를 끼치는 것으로 생각해서 그들의 눈치가 보이지 않을까 염려되었다. 그래서 언니에게 빙리의 마차를 빌리자고 강하게 이야기했다. 결국 그날 아침 네더필드를 떠나기로 한 제인과 엘리자베스는 마차를 빌리기로 했다.

그러자 모든 사람이 걱정하며 하루라도 더 머무르라고 간청했다. 결국 두 사람은 다음 날 아침에 출발하기로 했다. 빙리 양은 금세 하루 더 머무르라고 청한 것을 후회했다. 엘리자베스에 대한 질투심이 제인에 대한 애정보다 훨씬 더 강했기 때문이다.

빙리는 두 사람이 그렇게 빨리 떠난다는 것을 유감스럽게 생각했다. 그래서 제인의 몸이 아직 완전히 좋아지지 않았다는 점을 여러 번 강조하며 설득하려 했다. 하지만 제인은 자기 생각을 굽히지 않았다.

이 소식을 들은 다아시는 기뻤다. 그는 엘리자베스가 네더필드에 충분히 머물렀다고 생각했기 때문이다. 엘리자베스는 다아시가 느끼는 것 이상으로 그의 마음을 끌었다. 하지만 빙리 양은 엘리자베스에게 친절을 베풀지 않았고, 다아시에게는 유독 짓궂게 굴었다. 다아시는 지금부터라도 엘리자베스에게 품고 있는 마음을 암시할 만한 행동이나, 그녀가 그의 행복이나 불행에 영향을 주는 힘을 가지고 있다고 생각해서 우쭐하게끔 하는 일을 절대 하지 말아야겠다고 다짐했다. 그는 이 생각을 실행하거나 혹은 무시해야 했다. 특히 그는 마지막 날 자신의 행동이 결정적일 것으로 생각했다. 그래서 그는 마지막 날인 토요일에는 온종일 그녀에게 열 마디도 말하지 않았다. 단둘이 30분 정도 있었을 때도 책에만 집중하고 그녀를 쳐다보지 않았다.

일요일 아침 식사 후, 대부분 사람이 기다리던 작별의 시간이 다가왔다. 빙리 양은 제인에 대한 애정 못지않게 엘리자베스에게도 친절하게 대했다. 그녀는 제인에게 롱본이나 네더필드에서 다시 만나면 더욱 반가울 것이라고 말하면서 제인을 껴안았다. 그런 후 엘리자베스와 악수했다. 엘리자베스는 그들과 명랑하게 작별 인사를 나누었다.

하지만 베넷 부인에게는 집으로 돌아온 딸들이 반가운 존재가 아니었다. 그녀는 오히려 딸들이 일찍 돌아온 것을 의아하게 생각했다. 그러면서 빙리 집안에 너무 폐를 많이 끼쳤고, 제인의 건강이 또 안 좋아지면 어떡하냐고 호들갑을 떨었다. 반면 베넷 씨는 겉으로 드러내진 않았지만, 두 딸이 돌아와서 진심으로 반가웠다. 그는 두 딸이 중요하다는 것을 새삼 또 느꼈고, 저녁에 가족이 모두 모였을 때 제인과 엘리

자베스가 없어서 집안에 활력이 없고 별다른 의미도 없었다
고 말했다.

　메리는 평상시처럼 통주저음(通奏低音)과 인간성을 연구
하는 데 몰두했다. 그녀는 새로운 구절에 감탄하고, 낡은 교
훈의 새로운 표현 방식에 집중했다. 캐서린과 리디아는 새로
운 정보를 제공해 주었다. 지난주 수요일부터 부대에서 일어
난 여러 가지 사건에 관한 것이었다. 최근에 몇 명의 장교가
이모부 집에서 식사했고, 한 사병이 벌을 받았으며, 포스터
대령이 조만간 결혼할 것이라는 내용이었다.

13

다음 날 아침이었다. 베넷 씨는 식사하다가 부인에게 말했다.

"여보, 오늘은 특별히 음식에 신경 쓰도록 해요. 우리 가족 외에 한 사람이 더 올 예정이라오."

"누가 오나요? 샬럿 루카스가 우연히 온다면 모르겠지만, 그 외에 올 사람은 없을 텐데. 샬럿이 온다면 우리 집 음식만으로도 충분해요. 자기 집에서도 이런 음식을 먹기가 쉽지는 않잖아요."

"내가 말하는 사람은 신사분이고, 우리의 이웃이 아니라네."

이 말을 들은 베넷 부인의 눈이 빛났다.

"우리 동네 사람이 아닌 신사분이라면…… 빙리 씨군요!

아니 제인아, 한마디라도 살짝 얘기해 주지 그랬니? 그래도 빙리 씨를 만나면 너무 좋을 것 같구나. 그런데 큰일 났네. 어떡하지? 오늘은 생선이 한 마리도 없으니 말이다. 리디아야, 어서 벨을 눌러서 힐을 부르렴.”

“빙리 씨가 아니야. 우리 모두 처음 보는 사람이라그.”

베넷 씨의 말에 모든 가족이 깜짝 놀랐다. 부인과 다섯 명의 딸들은 계속 베넷 씨에게 질문을 퍼부었다. 한참 동안 그 시간을 즐긴 베넷 씨가 말했다.

“한 달 전쯤에 이 편지를 받았어. 답신은 보름 전쯤에 보냈지. 좀 까다로운 일이어서 빨리 답신을 보내야 했거든. 먼 친척인 콜린스 씨에게서 온 편진데, 그는 내가 죽고 나면 자기 마음대로 우리 가족을 이 집에서 쫓아낼 수 있는 사람이야.”

“여보! 가만히 듣고 있기가 힘드네요. 그런 지긋지긋한 사람 얘기를 왜 꺼내신 거예요? 당신 재산을 자식이 아닌 다른 사람에게 물려주다니……. 그것처럼 가슴 아프고 속상한 일이 어디 있겠어요? 제가 당신이었다면 진작에 손을 썼을 거예요.”

제인과 엘리자베스는 어머니에게 한정 상속이기 때문에 손을 쓸 수 없다는 사실을 설명하려 했다. 두 딸은 예전에도 여러 번 설명하려 시도했지만, 그때마다 베넷 부인은 그 문제를 도저히 이해할 수 없었다. 부인은 계속해서 딸이 다섯 명이나 있는데도 누군지 알지 못하는 남자에게 재산을 넘기는 것은 너무 잔인하다며 화를 냈다.

"당신 말은 틀린 게 없어. 확실히 불공평한 일이지. 어떤 일이 생기더라도 콜린스 씨가 롱본의 집을 물려받는 부당함이 없어질 수는 없겠지. 하지만 콜린스 씨의 편지를 읽어 보면 당신의 마음이 조금은 누그러질 수도 있을 거요." 하고 베넷 씨가 말했다.

"아니에요. 그 편지를 읽어 봐도 제 생각은 절대 바뀌지 않을 거예요. 뻔뻔하게 당신에게 편지를 보내다니! 그런 위선자가 어디 있겠어요? 저는 그런 위선자가 너무 싫어요. 그 사내는 왜 자기 아버지처럼 당신하고 계속 싸우지 않는 건가요?"

"그거야 자식의 입장에서 부담을 느끼니까 그런 거겠지. 자, 편지를 읽어 볼 테니 잘 들어 보구려."

베넷 아저씨께

아버지와 아저씨는 사이가 좋지 않으셔서 저는 항상 불안했습니다. 아버지가 돌아가시고 난 후 저는 그 불행이 해결되기를 바랐습니다. 다만 아버지와 사이가 좋지 않았던 분과 가깝게 지내는 것은 돌아가신 아버지께 염치가 없는 행동이 아닐까 걱정이 됩니다. 그래서인지 더욱 안부를 전하는 것이 뜸해졌던 것 같습니다. 하지만 이제 저는 이 문제에 대해 확실하게 결심 했습니다. 지난 부활절에 안수를 받고 영광스럽게도 루이스 드 버그 경의 미망인인 캐서린 드 버그 부인의 사랑과 은혜에 힘입어 이곳 교구의 목사직에 추천받았기 때문입니다. 저는 이곳에서 캐서린 부인께 감사하는 마음을 항상 잊지 않고, 국교회의 성스러운 의식을 거행할 수 있도록 노력하려고 합니다. 또한 저는 제 힘이 닿는 만큼 모든 가정의 평화와 축복을 위해 애쓰는 것을 의무라고 생각합니다. 그러니 이렇게 화해의 인사를 전하는 것을 좋게 생각해 주시고, 평화의 상징인 올리브 가지를 거절하지 말아 주십시오. 아울러 제가 롱본의 재산을 한정 상속하게 되는 것을 너그럽게 이해해 주시길 부탁드립니다. 제가 본의 아니게 사랑스러운 따님들에게 큰 손해를 끼친 것이 아닌지 송구스럽습니다. 이 점에 대해서는 깊이 사과드리겠습니다. 나중에 자세히 말씀드리겠지만, 가능한 범위 내에서 최대한 보상해 드릴 것을 약속하겠습니다. 제가 방문하는 것에 동의하신다면 11월 18일 월요일 오후 4시까지 찾아뵙고, 그다음 주 토요일까지 폐를 끼치고자 합니다. 제 염려는 안 하셔도 됩니다. 다른 목사가 제 의무를 대신 수행해 준다면 가끔 제가 일요일을 비우더라도 캐서린 부인 역시 이해해 주실 것입니다. 가족분들께 안부 전해 주시기 바랍니다. 이만 줄이겠습니다.

켄트 웨스터햄 근교 헌스퍼드에서

10월 15일

윌리엄 콜린스 드림

"오늘 오후 4시에 이 신사가 화해하기 위해 우리 집에 온단 말이오. 양심이 있고 예의 바른 청년 같지 않소? 캐서린 부인께서 너그럽게 이 청년을 한 번 더 우리 집에 보내 주신다면 분명 친해질 수 있을 거야." 하고 베넷 씨가 말했다.

"우리 애들에 대한 내용을 들으니 어느 정도 분별력이 있는 사람인 것 같긴 하군요. 애들한테 어떻게든 보상한다면 굳이 말리고 싶진 않네요."

"우리에게 어떻게 보상해 줄지는 모르겠지만, 그 의도는 훌륭하네요." 하고 제인이 말했다.

엘리자베스는 캐서린 부인에 대한 그의 존경심과 편지에서는 국교회의 성스러운 의식을 거행하겠다는 표현으로 나타나 있었지만 필요할 때면 언제든지 교구 내의 세례와 결혼, 그리고 장례까지도 맡겠다는 그의 이야기에 강한 인상을 받았다.

"그는 굉장히 이상한 사람 같아요. 말이 앞뒤가 맞지 않으니까요. 문장도 그렇고 내용도 과장이 심해요. 왜 그는 자신이 한정 상속자가 된 것을 사과하는 거지요? 그런다그 상속을 포기할 것도 아니잖아요. 아버지, 그는 분별력이 있는 사람일까요?" 하고 엘리자베스가 말했다.

"그렇지는 않은 것 같다. 직접 만나 봐야 알겠지만, 편지를 보면 비굴한 면도 있는 것 같고 과장된 자신감도 넘치는 것 같거든. 여하간 빨리 만나 봤으면 좋겠구나."

"문장만 보면 크게 문제는 없는 것 같아요. 올리브 가지 같은 비유는 특별나진 않지만 그래도 괜찮은 표현이라그 생각해요." 하고 메리가 말했다.

캐서린과 리디아는 편지는 물론 편지를 쓴 사람에게 전혀 흥미를 느끼지 못했다. 그들의 친척이 붉은색 군복을 입고 방문한다는 것은 거의 불가능한 일이기 때문이었다. 최근에 그녀들은 붉은색이 아닌 다른 색 옷을 입은 사람들을 만났을 때 즐거웠던 적이 없었다. 베넷 부인은 콜린스가 보낸 편지 내용을 듣고 그에 대한 안 좋은 선입관을 상당 부분 버린 듯했다. 그래서 그녀는 가족들이 놀랄 만큼 아무렇지 않게 콜린스를 맞이할 준비를 했다.

콜린스는 약속 시각에 정확히 도착했고, 베넷 가족든 공손한 태도로 그를 맞이했다. 베넷 씨는 별로 말이 없었지만, 베넷 부인과 딸들은 얼마든지 대화를 나눌 준비를 하고 있었다. 콜린스 역시 마찬가지였다. 스물다섯 살인 콜린스는 키가 크고 인상이 중후한 청년이었다. 그는 위엄 있고 예의 바르게 행동했다. 그는 자리에 앉자 베넷 부인에게 훌륭한 딸들을 두어서 좋으시겠다고 인사말을 건넸다. 그러고는 딸들이 미인이라는 소문을 듣긴 했지만, 실제로 보니 훨씬 더 아름답다고 칭찬했다. 그리고 적당한 때가 되면 딸들이 좋은 상대를 만나 결혼할 수 있을 것이라고 덧붙였다. 이처럼 의례적인 콜린스의 인사말을 좋아하지 않는 몇몇도 있었다. 하지만 모든 칭찬을 좋아하는 베넷 부인은 기뻐하며 대답했다.

"어머, 정말 고맙네요. 저도 그렇게만 된다면 정말 좋겠어요. 그렇지 않다면 우리 딸들이 너무 가난해질 테니까요. 하지만 세상사가 다 마음처럼 되겠어요?"

"댁의 재산이 한정 상속되는 걸 말씀하시는 건가요?"

"맞아요. 우리 애들한테는 너무 잔인한 일이에요. 그 점은 아셔야 해요. 그렇다고 콜린스 씨의 잘못이라는 건 아니에요. 이런 일이야 흔하게 벌어지니까요. 한정 상속이 결정되면 그것이 누구에게 가게 될지는 아무도 모르겠지요."

"따님들이 속상할 거라는 사실은 잘 알고 있습니다. 그 점에 관해서 드릴 말씀이 많지만, 너무 성급하면 안 될 것 같아서 조심하고 있습니다. 하지만 저는 따님들에게 호감이 갑니다. 그것 외에 더는 말씀드릴 게 없네요. 하지만 시간을 두고 좀 더 서로를 알게 되면……."

그때 식사가 준비되었다는 소식이 전해졌다. 그래서 그의 말은 중단되었고, 딸들은 서로를 마주 보며 미소 지었다. 콜린스는 딸들만 칭찬한 것이 아니었다. 그는 응접실과 식당, 가구 등을 둘러보며 감탄했다. 그가 이 모든 것을 나중에 자기 것이 될 것으로 보고 있다는 오해만 불러일으키지 않는다면, 그의 칭찬은 베넷 부인의 마음을 사로잡기에 충분했다. 그는 식사하면서 요리도 칭찬했다. 그는 딸들 가운데 누구의 음식 솜씨가 이렇게 훌륭한지 물었다. 베넷 부인은 바로 그가 잘못 알고 있는 점을 지적했다. 자신의 집에는 훌륭한 요리사가 있어서 딸들이 굳이 부엌에 들어갈 필요가 없다고 말한 것이다. 콜린스는 베넷 부인에게 불쾌하게 한 점을 용서해 달라고 말했다. 베넷 부인은 한결 누그러진 말투로 화가 난 게 아니라고 말했다. 하지만 그는 15분 동안이나 계속 사과했다.

14

식사하는 동안 베넷 씨는 거의 말하지 않았다. 하지만 하인들이 물러가자 손님과 대화할 좋은 기회가 왔다고 생각했다. 그래서 그는 좋은 후원자를 만나서 다행이라며 콜린스에게 말을 걸었다. 베넷 씨는 콜린스를 각별하게 배려해 주는 캐서린 부인의 마음이 특별하게 느껴진다고 말했다. 베넷 씨로서는 이보다 더 적합한 화제를 찾을 수 없었다. 콜린스는 유창한 말솜씨로 캐서린 부인을 칭찬했다. 이 화제로 말미암아 그는 훨씬 엄숙한 표정을 짓고 아는 척을 했다. 그는 신분이 높은 사람 가운데 캐서린 부인처럼 정중하고 친절한 사람은 지금까지 보지 못했다고 말했다. 또한 그는 영광스럽게도 부인 앞에서 두 번의 설교를 했는데 그때마다 칭찬을 들었다고 했다. 그리고 부인은 자신을 두 번이나 로징스로 초대해 식사를 함께했고, 지난 토요일 저녁에는 카드리유(네 명이 하는 카드놀이의 한 종류)를 하는데 사람이 모자란다며 자신을 불렀다는 것이다. 많은 사람이 캐서린 부인을 거만하다고 말하지만, 자신에게는 항상 상냥한 사람이라고 했다. 또한 부인은 항상 다른 신사를 대하듯이 자신에게 말을 걸었고, 근처 사교계에 참석하거나 친척을 방문하기 위해 두 주쯤 교구를 비워도 크게 신경 쓰지 않는다고 했다. 게다가 섣부르게 선택하는 게 아니라면 가능한 한 빨리 결혼하는 게 좋을 것이라고 조언해 주었다고 했다. 그리고 언젠가는 단출한 목사관에 직접 방문해서 자신이 진행 중이던 건물 개조 작업을 수락해 주고, 2층 다락의 선반에 관한 의견도 제시해 주었다고 했다. 이 이야기를 들은 베넷 부인이 말했다.

"정말 친절하고 안목이 높으신 분이군요. 두말할 나위도 없이 좋은 분일 거예요. 하지만 신분이 높은 부인들이 다 그럴 수는 없겠지요. 그런데 그분은 가까운 곳에 사시나요?"

"저의 집 정원을 지나는 작은 길 건너편에 부인이 사시는 로징스 파크가 있습니다."

"미망인이시지요? 자녀는 있나요?"

"따님이 한 분 있습니다. 그분이 로징스와 막대한 재산을 상속받을 겁니다."

"아, 그렇군요." 하고 베넷 부인은 머리를 끄덕이며 말했다. "그 따님은 어떤 딸들보다 행복하겠네요. 어떤 분인가요? 미인인가요?"

"아주 매력적인 아가씨지요. 캐서린 부인의 말씀을 빌리자면, 루이스 드 버그 양의 아름다움은 세상의 어떤 미인보다도 뛰어나고 품위가 있다고 합니다. 그분의 얼굴만 봐도 훌륭한 집안에서 태어난 아가씨답게 귀티가 흐르니까요. 하지만 몸이 너무 약해서 다양한 교양을 익히고 쌓는 것에 지장이 있다고 합니다. 건강했다면 모든 면을 갖출 수 있었을 것입니다. 이것은 그분과 함께 살면서 가정 교사 역할을 했던 부인에게 들은 이야기입니다. 그 부인은 무척 상냥하시고, 가끔 조랑말이 끄는 마차를 타고 저의 집에 들르시기도 하지요."

"그분은 국왕을 배알하셨나요? 궁정을 출입하는 부인들을 통해 이름을 들은 적이 없는 것 같아서요."

"몸이 너무 안 좋아서 안타깝게도 런던에는 못 가신다고 하더군요. 그래서 저는 캐서린 부인께 이렇게 말씀드렸습니다. 궁정은 보석처럼 빛나는 존재를 잃은 것이나 마찬가지라고요. 부인께서는 이런 이야기를 마음에 들어 하시더군요. 저는 기회가 생기는 대로 부인께서 좋아하시는 칭찬을 말씀드리거든요. 저는 따님이야말로 공작 부인이 되기 위해 태어난

분이고, 최고의 지위도 따님 덕분에 더 돋보일 것이라고 여러 번 캐서린 부인께 말씀드렸지요. 이런 말이 대단한 건 아니지만 그분이 좋아하시니까요. 저로서는 이런 말씀을 자주 해 드려야 한다고 생각합니다.”

“올바른 생각이에요. 그렇게 다른 사람의 기분을 좋게 만드는 말을 세심하게 하는 것도 재능이지. 그런데 그런 언행은 즉흥적인 것인지 아니면 계획적인 것인지 궁금하군요.” 하고 베넷 씨가 물었다.

“대부분은 그 자리에서 생각나는 대로 말합니다. 둘론 다른 상황에도 적용할 수 있도록 적합한 칭찬의 말을 준비하기도 합니다. 하지만 그런 말을 할 때는 가능하다면 미리 준비하지 않은 것처럼 보이고 싶은 마음이 큽니다.”

베넷 씨는 충분히 만족했다. 그가 바랐던 것처럼 그의 친척은 어리석고 멍청한 사람이었다. 베넷 씨는 속으로 기뻐하면서 그의 말에 귀를 기울이거나 가끔 엘리자베스를 바라보았다.

식사 후 차를 마실 시간이 되자, 베넷 씨는 지금까지의 즐거움으로 충분하다고 생각하고는 손님을 응접실로 안내했다. 그가 차를 다 마시자, 베넷 씨는 자신의 딸들을 위해서 책을 읽어 달라고 부탁했다. 콜린스는 그러겠다고 대답하고는 책 한 권을 꺼내 왔다. 그 책은 도서관에서 빌려 온 것이었다. 책을 본 그는 깜짝 놀라더니 자신은 소설을 절대 읽지 않는다며 양해를 구했다. 키티는 이러한 그를 뚫어지게 쳐다보았고, 리디아는 신음을 내뱉었다. 그는 다른 책을 몇 권 더 뒤적이더니 한참 생각한 끝에 포다이스(스코틀랜드의 신학자)의 설교집을 선택했다. 콜린스가 책을 펼치자 리디아는 하품했다. 그가 단조로운 목소리로 세 페이지 정도를 읽었을 때 그녀가 말했다.

"엄마, 이모부가 리처드를 내쫓겠다고 말씀하셨다던데 들으셨어요? 만약 그렇게 된다면 포스터 대령이 그를 채용할 거예요. 토요일에 이모가 제게 직접 말씀하셨거든요. 내일 메리턴에 가서 그 얘기를 마저 들어야지. 데니 씨가 언제 런던에서 돌아오는지도 여쭤보고요."

언니들은 리디아에게 가만히 있으라고 주의를 주었다. 하지만 이미 화가 난 콜린스는 책을 내려놓으며 말했다.

"저는 가끔 젊은 여성들이 진지한 내용이 담긴 책에 싫증을 내는 것을 보았습니다. 자신들에게 도움이 되는 책인데도 싫어하더라고요. 배움보다 더 도움이 되는 건 없을 텐데, 참 놀라운 일이지요. 하지만 리디아 양을 더는 괴롭히지 않겠습니다."

콜린스는 베넷 씨에게 주사위 놀이의 상대가 되어 주겠다
고 제안했다. 베넷 씨는 딸들이 그처럼 시시한 놀이나 하도록
내버려 두는 것이 현명한 방법이라고 말한 후 콜린스으 제안
을 받아들였다. 베넷 부인과 다른 딸들은 리디아가 콜린스를
화나게 한 점을 정중하게 사과했다. 그러고는 그가 계속해서
책을 읽어 준다면 다시는 이런 일이 일어나지 않도록 하겠다
고 약속했다. 하지만 콜린스는 리디아의 행동에 불쾌함을 느
끼지 않았다고 말했다. 그러고는 베넷 씨와 테이블에 앉아 주
사위 놀이를 시작했다.

15

콜린스는 분별력이 있는 사람이 아니었다. 게다가 그의 타고난 결함은 교육이나 교제로 고칠 수 있는 수준이 아니었다. 그는 무식하고 인색하기까지 한 아버지 밑에서 자랐기 때문이다. 콜린스는 대학을 다니긴 했지만, 졸업하는 데 필요한 학점만 따고 자신에게 도움이 될 만한 사람을 사귀지 못했다. 그의 아버지는 그에게 복종하기를 강요해서 그는 비굴한 태도를 지니게 되었다. 또한 그는 어리석은 데다가 다른 사람들과 잘 어울리지 않는 사람의 특징인 자만심, 그리고 뜻하지 않게 일찍 성공한 데서 생긴 거만함도 지니고 있었다. 그는 헌스퍼드의 목사 자리가 비었을 때 운 좋게도 캐서린 부인의 추천을 받게 되었다. 부인의 높은 신분을 숭배하는 마음과 후원자로 존경하는 마음, 그리고 목사로서 지닌 권위와 교구장으로서의 권리 등이 뒤섞여서 결국 그는 남의 환심을 사려 하고, 오만하고, 잘난 척하고, 비굴한 인물이 되어 버렸다.

콜린스는 멋진 저택과 꽤 많은 수입이 생겨서 결혼을 계획하고 있었다. 롱본의 친척들과 화해하려면 결혼도 좋은 방법 가운데 하나였다. 소문에 들리는 것처럼 베넷 집안의 딸들이 미모와 교양을 갖췄다면 그 가운데 한 명을 고를 생각이었다. 그는 이 계획이 딸들의 아버지가 가진 재산을 자신이 상속받는 것에 대한 보상이라고 생각했다. 그래서 이 방법이 적절하고 타당하며 공평하다고 여겼다.

콜린스는 딸들을 직접 보자, 자기 생각이 옳다는 것을 알게 되었다. 특히 제인의 아름다운 얼굴을 본 그는 자기 생각을 확고하게 굳혔고, 어떤 일이 있어도 서열은 지켜야겠다고 다짐했다. 이러한 이유로 첫날 저녁에 그의 눈에 들어온 사람은 제인이었다. 하지만 다음 날 아침, 그는 자신의 계획을 수정해야만 했다. 콜린스는 아침 식사를 하기 전에 베넷 부인과 약 15분 동안 이야기를 나누었다. 그는 목사관에 관한 이야기를 하다가 자연스럽게 그곳의 안주인이 될 사람을 롱본에서 찾고 싶다고 말했다. 그러자 베넷 부인은 미소를 지으던서 좋은 생각이라고 격려하면서도 제인은 절대 안 된다고 단호하게 말했다.

"딸들 문제에 대해서는 확실하게 뭐라고 말씀드릴 수가 없네요. 마음에 두고 있는 사람이 있는 것 같지도 않고요. 그래도 미리 말씀드리는 게 제 책임이기도 하니까 제인에 관한 이야기는 해야겠네요. 그 애는 곧 약혼할 거예요."

콜린스는 베넷 부인이 불을 지피는 동안 바로 제인에서 엘리자베스로 목표를 바꾸었다. 엘리자베스는 나이나 아름다움으로 보아도 제인을 대신하기에는 적당했다.

콜린스의 말을 들은 베넷 부인은 곧 두 딸을 결혼시킬 수 있겠다고 생각했다. 그러자 어제까지만 해도 대화조차 하기 싫었던 남자가 이제는 마음에 쏙 들게 되었다.

리디아는 메리턴에 가겠다는 계획을 잊지 않았다. 그녀의 제안에 메리를 제외한 자매 모두가 찬성했다. 베넷 씨의 권유로 콜린스도 따라가게 되었다. 베넷 씨는 콜린스를 내쫓고 혼자 서재에 있고 싶었다. 왜냐하면 아침 식사 후 베넷 씨를 따라 서재로 들어온 콜린스가 계속 떠들었기 때문이다. 그는 서재에서 가장 커다란 책을 꺼내서 읽는 척했지만, 실제로는 헌스퍼드에 있는 자기 집과 정원 자랑을 하느라 정신이 없었다. 이러한 그로 말미암아 베넷 씨는 무척 마음이 불편해졌다. 베넷 씨는 항상 서재에서 안락함을 즐겼다. 그래서 그가 엘리자베스에게 항상 말한 것처럼 집 안의 다른 곳에서는 어리석음과 자만심으로 똘똘 뭉친 인간을 보아도 그럭저럭 견딜 수 있었지만, 서재에 있을 때는 절대 그러고 싶지 않았다. 이러한 이유로 베넷 씨는 정중한 태도로 콜린스에게 외출을 권했다. 독서보다 산책이 좋았던 콜린스는 커다란 책을 덮고는 기꺼이 딸들과 나가기로 했다.

베넷 씨의 딸들은 콜린스의 시시한 이야기에도 예의 바르게 맞장구를 쳐 주었다. 하지만 메리턴에 도착하자, 디미 나이가 어린 딸들은 콜린스를 관심의 대상으로 두지 않았다. 그녀들의 시선은 장교를 찾거나 아니면 상점의 진열대에 놓인 멋진 모자와 새로 나온 모슬린에만 가 닿았다.

하지만 얼마 지나지 않아 딸들의 시선은 길 건너편에서 어떤 장교와 함께 걷고 있는 한 청년에게로 쏠렸다. 그 청년은 처음 보는 사람이었고 아주 점잖게 보였다. 장교는 리디아가 런던에서 언제 돌아오는지 궁금해했던 데니였다. 그는 그들을 보고는 고개를 숙여 인사했다. 모두 처음 본 청년이 누구인지 궁금해했다. 궁금증을 참지 못한 키티와 리디아는 건너편 상점에서 살 게 있다고 핑계를 댄 후 길을 건너갔다. 그녀들은 운 좋게도 두 남자와 마주쳤다. 데니는 그녀들에게 인사하고는 자신의 친구인 위컴을 소개했다. 위컴은 데니 부대의 장교로 임관될 예정이고 어제 런던에서 함께 돌아왔다고 했다. 그 청년이 군복을 입으면 훨씬 더 멋지게 보일 것 같았다. 그의 외모는 호감을 사기에 충분했다. 그는 체격이 좋은 데다가 외모도 준수했고, 사람을 대하는 태도도 나무랄 데가 없었다. 그는 기꺼이 그들과 대화를 나누고 싶어 했다. 모두가 즐겁게 대화를 나누고 있을 때 어디선가 말발굽 소리가 들려 왔다. 그들은 일제히 소리가 나는 쪽으로 고개를 돌렸다. 다아시와 빙리가 말을 타고 지나가고 있었다. 여자들을 알아본 두 사람은 곧바로 그들에게 다가가 늘 그랬듯이 정중하게 인사했다. 빙리는 마침 제인을 문병하기 위해 롱본으로 가던 중이라고 말을 건넸다. 다아시는 그 말이 사실이라는 것을 증명하듯 고개를 숙였다. 그는 엘리자베스를 보지 않기 위해 애써 시선을 돌리다가 위컴을 보게 되었다. 그 순간 두 사람의 표정을 본 엘리자베스는 깜짝 놀랐다. 두 사람 모두 안색이 변했기 때문이다. 한 사람은 얼굴색이 하얗게 변했고, 또 한 사람은 빨갛게 되었다. 잠시 후에 위컴은 손을 올려 경례했고, 다아시는 마지못해 답례했다. 이게 도대체 무슨 일인지 엘리자베스의 호기심은 커져만 갔다.

하지만 빙리는 조금 전에 일어난 일을 전혀 눈치채지 못한 채 인사하고는 친구와 함께 말을 타고 떠났다.

데니와 위컴은 여인들과 함께 필립스 씨 집까지 걸어갔다.

필립스 씨 집에 도착하자, 리디아는 같이 들어가자고 간곡하게 부탁했다. 필립스 부인도 거실 창문을 열고 큰 소리로 들어오라고 말했다. 하지만 그들은 인사하고는 떠나 버렸다.

필립스 부인은 항상 조카딸들을 만나는 것이 즐거웠다. 그녀는 최근에 자주 보지 못했던 제인과 엘리자베스가 오자 더욱 반갑게 맞이했다. 부인은 네더필드에 머물던 두 조카가 갑자기 집에 왔다는 소식을 듣고 무척 놀랐다고 말했다. 그러면서 우연히 존스 씨 상점의 점원을 거리에서 만나지 않았다면 이 사실을 전혀 모르고 있었을 것이라고 했다. 그 점원은 베넷 양 자매가 집으로 돌아가서 이제는 네더필드에 약을 보내지 않아도 된다고 말했기 때문이다. 제인이 필립스 부인에게 콜린스를 소개했다. 부인은 예의를 한껏 갖추어서 그를 맞이했다. 콜린스는 초면에 폐를 끼치게 된 점을 사과하면서 부인보다 더 정중하게 답례했다. 그러면서 그는 자신을 소개해 준 젊은 아가씨들과 친척 관계여서 부인이 용서해 주실 것으로 생각한다고 말했다. 필립스 부인은 그의 깍듯한 태도가 오히려 부담스러웠다. 하지만 새로운 청년에 대한 부인의 이러한 감정은 다른 사람에 대한 조카딸들의 질문으로 지속될 수가 없었다. 필립스 부인은 조카딸들이 이미 알고 있는 사실 정도만 대답해 주었다. 즉, 그녀는 데니가 위컴을 런던에서 데리고 왔고, 그는 곧 중위로 임관할 것이라고 말했다. 또한 그녀는 조금 전까지 위컴이 한 시간 정도 거리를 걷는 모습을 보고 있었다고 했다. 만약 그때 위컴이 나타났다면, 키티와 리디아도 똑같이 바라보았을 것이다. 하지만 위컴은 나타나지 않고 몇몇 장교가 지나갔다. 그들은 위컴 때문에 졸지에 멍청하고 기분 나쁜 남자들로 전락하고 말았다. 그 가운데 몇 명은 다음 날 필립스 씨 집에서 함께 식사할 예정이었다. 필립스 부인은 조카딸들이 온다면 남편에게 부탁해서 위컴을 부르겠다고 약속했다. 조카딸들은 이모의 제안에 흔쾌히 동의했다. 그러자 부인은 다음 날 즐겁게 제비뽑기 놀이를 한 후에 따끈한 저녁 식사를 하자고 말했다. 모두가 내일 있을 즐거운 저녁 시간을 상상하면서 들뜬 마음으로 작별 인사를 했다. 콜린스는 나가면서도 계속 사과했지만, 부인은 정중하게 그럴 필요가 없다고 말했다.

집으로 돌아가는 길에 엘리자베스는 다아시와 위컴 사이에서 벌어진 일을 제인에게 말했다. 제인은 두 사람 가운데 한 사람이나 혹은 두 사람 모두에게 사정이 있었을 것으로 생각했지만, 엘리자베스와 마찬가지로 그 이유가 무엇인지는 알 수 없었다.

집에 도착한 콜린스는 필립스 부인의 친절하고 예의 바른 태도를 계속 칭찬해서 베넷 부인을 흡족하게 했다. 그는 캐서린 부인과 그녀의 딸을 제외하고는 그처럼 우아한 여성을 만난 적이 없다고 말했다. 자신을 정중하게 맞이했을 뿐만 아니라 처음 만났는데도 다음 날 저녁 식사에 초대해 주었기 때문이다. 친척 관계여서 당연히 그럴 수도 있지만, 콜린스는 평생 그처럼 따뜻한 대접을 받아 본 적이 없다고 말했다.

16

콜린스는 자신이 머무르는 기간에 하루 저녁이라도 베넷 씨 부부만 두고 나간다는 것이 마음에 걸린다고 말했다. 하지만 결국 그는 다음 날 저녁, 다섯 자매와 함께 마차를 타고 메리턴으로 갔다. 이모 집에 들어선 자매들은 위컴이 이모부의 초대를 받아들였고, 이미 도착해 있다는 소식에 기뻐했다.

모두가 자리에 앉자, 콜린스는 주변을 찬찬히 둘러보면서 칭찬할 여유가 생겼다. 그는 넓은 방과 멋진 가구를 보고 무척 감동해서 마치 여름철 아침에 로징스의 아담한 응접실에 앉아 있는 것 같다고 말했다. 그의 비유를 바로 이해하는 사람은 아무도 없었다. 하지만 필립스 부인은 그의 이야기를 통해 로징스가 어떤 저택이고 누가 소유하고 있는지를 알게 되었다. 특히 그녀는 캐서린 부인 집의 응접실에 있는 벽난로 장식에만 8백 파운드가 들었다는 말에 크게 감동해서 자신의 응접실을 로징스의 하인 방과 비교한다고 해도 그다지 불쾌하지 않을 것 같았다.

콜린스는 필립스 부인에게 캐서린 부인의 웅장한 저택에 대해 자세하게 설명해 주었다. 그는 자신이 머무는 곳이 누추하다고 말하면서도 그곳을 자신이 멋지게 개조했다고 은근히 자랑했다.

필립스 부인은 콜린스의 이야기에 열심히 귀를 기울였다. 그녀는 점점 콜린스를 대단한 사람이라고 생각했고, 하루 빨리 자신이 들은 이야기를 이웃에게 전해야겠다고 결심했다. 하지만 베넷 집안의 딸들은 콜린스의 이야기에 관심이 없었다. 그녀들은 지루함을 달래기 위해 악기가 있었으면 좋겠다고 바라거나 자신들이 만든 복제 도자기들이 놓인 선반을 바라보았다.

드디어 따분한 시간이 끝났다. 초대받은 신사들이 도착했기 때문이다. 엘리자베스는 방으로 들어오는 위컴을 보며 그를 처음 보았을 때 멋진 사람이라고 생각했던 것이 너무 당연했다고 느꼈다. 부대의 대부분 장교는 평이 좋은 신사들이었고, 그중에서도 더 나은 사람들이 그 자리에 모인 것이었다. 하지만 위컴은 체격이나 외모, 태도 등이 다른 사람들보다도 훨씬 뛰어났다. 이는 얼굴이 넓적하고 뚱뚱하며 술 냄새나 풍기는 이모부 필립스 씨를 다른 장교들과 비교했을 때 그들이 훨씬 뛰어나 보이는 것과 비슷했다. 필립스 씨는 그들 뒤를 따라 들어왔다.

위컴은 거의 모든 여성의 시선을 한 몸에 받은 행운아였다. 엘리자베스 역시 그의 옆에 앉게 되는 행운을 누리게 되었다. 위컴은 자리에 앉자마자 엘리자베스에게 상냥하게 말을 건넸다. 그가 한 말은 오늘 저녁에 비가 내리고 곧 장마가 시작될 것 같다는 평범한 내용이었다. 하지만 엘리자베스는 아무리 진부하고 평범한 이야기라 할지라도 말하는 사람의 기교에 따라 얼마든지 흥미로운 이야기로 바뀔 수 있다는 점을 깨달았다.

여성들의 시선을 사로잡은 위컴과 장교들이 나타나자, 콜린스의 존재감은 더욱 줄어들었다. 특히 젊은 여성들은 그에게 조금도 관심이 없었다. 유일하게 필립스 부인만 그의 대화 상대가 되어 주었다. 그녀 덕분에 그는 커피와 머핀을 배부르게 먹을 수 있었다.

휘스트(네 사람이 하는 카드놀이의 한 종류)가 시작되었다. 콜린스는 부인의 은혜에 보답하고자 카드놀이에 끼면서 말했다.

"이 게임에 대해서는 잘 알지 못하지만, 하다 보면 금방 익숙해질 겁니다. 왜냐하면……."

필립스 부인은 그에게 고맙다고 인사했지만, 그 이유까지 듣고 있을 여유는 없었다.

위컴은 휘스트를 하지 않았다. 대신 다른 테이블로 가서 엘리자베스와 리디아 사이에 앉았다. 리디아는 워낙 말이 많아서 처음에는 그녀가 위컴과의 대화를 독점할 것 같았다. 하지만 리디아는 대화만큼 제비뽑기 놀이를 좋아했고 이기고자 하는 욕심도 있어서 돈을 걸고 내기할 때마다 소리를 지르며 열중했다. 따라서 어느 한 사람에게만 집중할 수 없었다. 그래서 위컴은 슬슬 카드놀이를 하면서 엘리자베스와 여유 있게 대화할 수 있었다. 엘리자베스는 가장 궁금했던 그와 다아시와의 관계에 대해 들을 수 있다고 기대하지는 않았지만, 그의 말은 어떤 것이든 들어 줄 자세가 되어 있었다. 그녀가 먼저 물어보기는 쉽지 않았다. 하지만 엘리자베스의 궁금증은 뜻밖에도 쉽게 풀렸다. 위컴이 먼저 그 이야기를 꺼냈기 때문이다. 그는 네더필드가 메리턴에서 얼마나 떨어졌는지를 물었다. 엘리자베스의 대답을 들은 그는 잠시 머뭇거리다가 다아시가 얼마 동안 그곳에 머물렀는지 다시 물었다.

"한 달쯤 됐을 거예요." 하고 엘리자베스가 대답했다. "그분은 더비셔에 상당한 재산을 가지고 있다고 들었어요."

"네, 맞습니다. 그곳에 있는 토지는 아주 훌륭하지요. 연 수입이 1만 파운드 정도 되니까요. 그에 관해서는 저처럼 정확하게 알고 있는 사람이 없을 겁니다. 저는 어릴 때부터 그 집안과 각별한 사이였으니까요."

뜻밖의 이야기에 엘리자베스는 깜짝 놀란 표정을 지었다.

"어제 우리 두 사람이 만났을 때 서로의 표정을 보셨을 테니 놀라는 것도 무리는 아니지요. 다아시 씨와는 잘 아는 사이인가요?"

엘리자베스는 다소 격앙된 목소리로 말했다.

"그냥 아는 정도예요. 그분과 한집에서 나흘 정도 같이 보낸 적이 있는데 불쾌한 사람이더군요."

"저는 그의 인품에 대해서 뭐라 드릴 말씀이 없습니다. 그런 말을 할 자격이 없다고 하는 게 맞겠군요. 너무 오래전부터 알고 지내던 사이라 공정할 수 없을 테니까요. 하지만 당신의 의견을 듣는다면 누구나 놀랄 겁니다. 물론 이곳에는 가족 같은 사람들만 모여 있지만요. 다른 데서도 이처럼 과격하게 말씀하시진 않겠지요?"

"정확히 말씀드리자면, 저는 네더필드를 제외한 다른 곳에서도 똑같이 말할 거예요. 하트퍼드셔에서는 모두 그분을 싫어하거든요. 그분의 오만함에 누구나 몸서리를 치지요. 그분에 대해서 저보다 좋게 말하는 사람은 아무도 없을 거여요."

"제가 안타까울 필요는 없겠지요. 다아시 씨든 다른 사람이든 제대로 평가받지 못한다고 해도 말입니다. 하지만 다아시 씨처럼 제대로 평가받지 못하는 사람은 드물 거예요. 그의 재산과 지위에 눈이 멀어서인지 아니면 그의 오만함과 도도함을 두려워해서인지 대부분 사람은 그가 원하는 대로 평가하더군요."

"저는 그분을 만난 지 얼마 되지 않았지만, 상당히 심술궂은 사람 같아요."

엘리자베스의 말을 들은 위컴은 고개를 내젓다가 질문했다.

"그는 얼마나 더 이곳에 머물까요?"

"잘 모르겠어요. 하지만 제가 네더필드에 있을 때는 그분이 다른 곳에 가신다는 얘긴 듣지 못했어요. 그분이 이곳에 있다는 사실이 당신의 계획에 지장을 주지 않았으면 좋겠네요."

"그럴 일은 없을 겁니다. 제가 다아시 씨에게 쫓겨날 상황은 아니거든요. 저를 만나고 싶어 하지 않는다면 그가 이곳을 떠나야겠지요. 우리는 친구도 아니고 사이가 그다지 좋지 않아서 만나면 서로 불편합니다. 하지만 제가 그를 피해야 할 이유는 없어요. 세상 사람들이 전부 듣는다고 해도 전 이야기 할 수 있습니다. 제가 다아시 씨에게 얼마나 심하고 부당한 취급을 당했는지, 그가 지독한 사람이라는 걸 얼마나 안타깝게 생각하고 있는지를 말입니다. 돌아가신 그의 아버지는 정말 훌륭한 인격을 가지신 분이었습니다. 그래서 저는 다아시 씨를 만나면 그의 아버지와의 추억이 떠올라서 슬퍼집니다. 다아시 씨는 정말 저에게 나쁜 행동을 많이 했어요. 하지만 저는 진심으로 그의 아버지를 떠올리면 그가 어떤 행동을 해도 다 용서할 수 있을 것 같습니다."

엘리자베스는 그의 이야기에 점점 흥미가 생겼다. 하지만 민감한 내용이어서 더는 질문하지 않기로 했다.

위컴은 좀 더 일반적인 화제로 말을 돌렸다. 즉, 그는 메리턴에 관한 이야기나 주변에서 생긴 일, 사교계에 관한 것 등을 말하기 시작했다. 그는 지금까지 이곳에서 겪은 일들을 마음에 들어 하는 것 같았다. 특히 사교계에 관한 그의 관심은 분명했다.

"이곳에서는 사교가 아주 잘 이루어질 것 같습니다. 제가 이곳의 부대에 온 것도 이곳의 사교계가 훌륭하다는 것을 예전부터 알고 있었기 때문이지요. 게다가 데니가 이곳 사정에 관해서 자세히 이야기해 주어서 더욱 이곳이 끌렸어요. 훌륭한 분들이 많고 장교들에게도 관심을 자주 보여 주신다고요. 저는 외로움을 많이 타서 직업과 사교 생활이 없으면 안 되거든요. 원래 저는 군인이 되고자 한 것이 아니었습니다. 어쩔 수 없는 선택이었지요. 저는 신학 공부를 해 왔기 때문에 목사가 되어야 했습니다. 제가 지금까지 말씀드린 그의 가슴에만 들었어도 저는 목사가 되었을 것입니다."

"어머나!"

"다아시 씨의 아버지께서는 그분의 땅 안에 있는 고회 가운데 가장 좋은 목사 자리가 나오면 저를 먼저 추천하라고 유언하셨습니다. 그분은 제 교부이셨고 저를 무척 아껴 주셨지요. 그 애정은 말로 다 표현하기 힘들 정도였습니다. 하지만 그 목사 자리는 다른 사람에게 넘어가고 말았지요."

"세상에! 어떻게 그런 일이 생겼지요? 왜 그분의 유언대로 되지 않았나요? 법률적인 보상을 청구하시지 그러셨거요?" 하고 엘리자베스가 외쳤다.

"유언장에 분명하게 적힌 것이 아니어서 소송해도 소용이 없었지요. 명예를 소중하게 생각하는 사람이라면 유언의 취지를 이해했겠지만, 다아시 씨는 의심했습니다. 이뿐만 아니라 그는 아버지의 유언장을 단순한 추천서 정도로만 여겼고,

저를 무분별한 사람으로 몰면서 그 요구권을 이미 상실했다고 주장하기까지 했습니다. 정확히 2년 전에 목사 자리가 나왔을 때 저는 목사가 충분히 될 수 있는 나이였지요. 그런데도 다른 사람에게 빼앗기고 말았습니다. 아무리 고민해 보아도 저는 그 자리를 빼앗길 만한 어떤 행동도 하지 않았어요. 저는 약간 욱하는 성질이 있어서 다짜고짜 그에게 제 생각을 드러낸 적은 있지만, 그것 말고는 크게 잘못한 일이 없습니다. 그와 저는 너무 성격이 달라서 그가 무턱대고 저를 미워하는 것일 수도 있겠지요."

"정말 이해할 수 없는 일이네요! 그런 사람은 여러 사람 앞에서 창피를 당해야 해요."

"언젠가는 그렇게 되겠지요. 하지만 제가 그렇게 하고 싶지는 않습니다. 저는 그의 아버지를 생각해서라도 절대 그와 맞서 싸우거나 그의 정체를 드러낼 수는 없으니까요."

엘리자베스는 이러한 마음을 지닌 그가 훌륭하고 존경스럽다고 생각했다.

"그런데 왜 그랬을까요? 다아시 씨는 당신에게 왜 그렇게 잔인한 행동을 한 것일까요?"

"아마도 저를 끔찍하게 미워해서 그랬을 겁니다. 질투심이 작용해서 그랬을 수도 있고요. 만약에 그의 아버지께서 저를 아껴 주지 않으셨다면 그의 아들은 저에게 그런 행동을 하지는 않았을 겁니다. 하지만 그의 아버지께서는 저를 너므 귀여워하셔서 어릴 때부터 불만이 많았을 거예요. 그는 아버지가 편애하는 것을 견디지 못하는 성격이었거든요.”

“저는 다아시 씨가 그런 사람인 줄은 전혀 알지 못했어요. 물론 그분을 좋아하지 않았지만, 그렇다고 이렇게 못된 사람인 줄도 몰랐거든요. 사람을 제대로 대하지 않고 경멸한다는 건 알고 있었지만요. 하지만 그처럼 악의를 품고 복수하거나 비인간적인 행동을 할 사람으로 보지는 않았어요.”

엘리자베스는 잠시 생각하다가 다시 말을 꺼냈다.

“예전에 그런 적이 있어요. 그분은 네더필드에서 자신은 절대 원한을 잊지 못하고 다른 사람을 쉽게 용서하지 곷한다고 말했었지요. 정말 좋지 않은 성격이에요.”

“그 부분에 대해서도 감히 뭐라고 말씀드리기가 어렵네요. 저는 그에 대해서 공정해질 수가 없거든요.”

엘리자베스는 다시 깊은 생각에 잠기더니 한참 후에 말했다.

“자기 아버지가 특별히 아끼던 사람을 그렇게밖에 못 대하다니, 정말 나쁜 사람이에요.”

그리고 그녀는 이렇게 말할 뻔했다.

"당신처럼 단번에 사람의 마음을 끄는 훌륭한 분을 말이에요."

하지만 그녀는 간신히 다음과 같이 말했다.

"더구나 어릴 때부터 같이 자라 온 친구에게 말이에요."

"우리는 같은 교구, 같은 장원에서 태어나서 어린 시절 대부분을 함께 보냈어요. 같은 집에서 살면서 같은 놀이를 했고, 똑같이 훌륭한 아버지의 사랑을 받았습니다. 저희 아버지께서는 엘리자베스 양의 이모부인 필립스 씨와 같은 분야에서 일하셨지요. 그러다가 다아시 씨의 아버지를 도와드리기 위해 모든 것을 포기하고 펨벌리의 재산을 관리하시게 되었어요. 다아시 씨의 아버지는 저희 아버지의 성실함을 높게 평가하셨습니다. 그래서 두 분은 깊은 우정을 나누는 사이가 되었지요. 다아시 씨의 아버지는 가끔 저희 아버지의 성실한 관리 덕분에 큰 도움을 받고 있다고 말씀하셨어요. 그래서 다아시 씨의 아버지는 저희 아버지가 돌아가시기 직전에 저희 아버지께 저의 생계를 돌보아 주겠다고 약속하셨지요. 이것은 저를 아끼는 마음 때문이기도 했지만, 동시에 저희 아버지에 대한 감사의 마음이었다고 생각해요."

"정말 이해가 안 돼요. 그렇게 못된 짓을 저지르다니! 그렇게 자존심이 센 사람이라면 오히려 자존심을 지키기 위해서라도 더 잘해야 하는 것 아닌가요? 그렇지 않다는 게 너무 이상해요. 이게 다 정직하지 못한 태도 같아요."

"그렇습니다. 참으로 이상한 일이에요. 그의 모든 행동은 자존심과 연결되어 있을 텐데 말이에요. 자존심은 그와 떼려야 뗄 수 없는 친구나 마찬가지거든요. 그나마 그의 자존심이 좋은 행동에 가까운 일을 하도록 해 주었지요. 하지만 어떤 사람도 완전하게 일관된 행동을 할 수는 없습니다. 저를 대하는 그의 태도에는 자존심보다 더욱 강한 어떤 감정이 있어요."

"그런 끔찍한 자존심이 그분에게 도움이 된다는 말인가요?"

"도움이 되지요. 그는 그것 때문에 가난한 사람들에게 돈을 주거나 소작인들을 돕기도 한답니다. 가문의 자존심, 즉 명문가의 자식이라는 자존심이 그렇게 하도록 한 것기지요. 그는 자기 아버지가 그런 일을 한 것에 자부심을 느끼고 있으니까요. 가문의 명예를 더럽히거나 가문의 좋은 평판을 떨어뜨리거나 혹은 펨벌리 가문의 영향력을 잃지 않으려고 애쓰는 것이지요. 또한 그는 오빠로서 자존심도 큽니다. 그 자존심에 애정까지 더해져서 자신의 여동생을 정성스레 돌보는 것이지요. 조금만 두고 보면 당신도 그가 여동생을 극진하게 사랑하는 오빠라는 다른 사람들의 칭찬을 듣게 될 거예요."

"그분의 여동생은 어떤 사람인가요?"

위컴은 고개를 좌우로 흔들었다.

"참 괜찮은 아가씨라고 말씀드릴 수 있다면 좋겠네요. 다아시 집안의 사람들을 나쁘게 말하는 것은 저에게 고통스러운 일이니까요. 하지만 다아시 씨의 여동생은 오빠와 비슷하게 자존심이 무척 강합니다. 어렸을 때는 참 귀여웠고 저를 잘 따랐지요. 그래서 전 그녀와 몇 시간이고 놀아 주었어요. 하지만 지금은 다 소용없는 일이었습니다. 열대여섯 살 정도 된 그녀는 교양도 꽤 갖춘 아가씨지요. 아버지가 돌아가신 후에는 런던에서 그녀의 교육을 담당하고 있는 부인과 함께 살고 있어요."

그 뒤로 두 사람의 대화는 몇 번 끊어지고 화제도 바뀌었지만, 엘리자베스는 결국 처음의 화제로 다시 대화를 돌렸다.

"다아시 씨가 빙리 씨와 친하다는 건 정말 이해할 수 없는 일이에요. 빙리 씨는 친절하고 밝은 분인데 어떻게 그런 사람과 친하게 지낼 수 있을까요? 두 분이 잘 맞는다는 게 참 이상해요. 위컴 씨는 빙리 씨를 아시나요?"

"아니요."

"너무나 착하고 부드럽고 상냥한 분이지요. 빙리 씨는 다아시 씨가 어떤 사람인지 잘 모르는 게 분명해요."

"아마 그럴 겁니다. 하지만 다아시 씨는 재능이 있어서 때에 따라서는 좋은 친구가 되기도 하지요. 그렇게 할 필요성이 있다고 생각하는 사람에게는 무척 재미있게 이야기할 수도 있고요. 자신과 대등한 위치에 있는 사람들과 함께할 대는 자기보다 못한 사람들과 있을 때와는 완전히 다르지요. 부유한 사람들과 있을 때는 공정하고 성실하며 명예를 중요시하고 품위와 교양까지 갖추어서 아주 기분 좋은 사람으로 보일 겁니다. 재산과 지위에 따라 어느 정도 달라지기는 하지만 말이지요."

휘스트가 끝나자 사람들은 다른 테이블 주변으로 이동했다. 콜린스는 필립스 부인과 엘리자베스 사이에 앉았다. 필립스 부인은 그에게 얼마나 땄느냐고 물었고, 그는 잃기만 했다고 대답했다. 이에 필립스 부인이 걱정스러운 표정을 짓자, 콜린스는 그런 건 아무 일도 아니라고 하며, 잃은 돈에 신경을 크게 쓰지 않는다고 진지하게 말했다.

"카드 게임을 하기 위해 앉으면 어느 정도 돈을 잃게 될 것을 각오해야 합니다. 다행스럽게도 저는 5실링 정도밖에 잃지 않았고, 그 정도는 크게 걱정할 형편도 아닙니다. 굴론 그렇게 생각할 수 없는 사람도 많겠지만, 저는 캐서린 부인 덕분에 크게 마음을 쓰지 않아도 되지요."

콜린스의 말에 귀를 기울이던 위컴은 잠시 그를 바라보다가 엘리자베스에게 그가 드 버그 집안과 가까운 사이냐고 나지막한 목소리로 물었다. 그러자 엘리자베스가 대답했다.

"최근에 캐서린 부인께서 저분에게 목사직을 주셨어요. 콜린스 씨가 어떻게 부인을 알게 되었는지는 모르겠지만, 오래 알고 지낸 것 같지는 않아요."

"당신도 아시겠지만 캐서린 부인과 앤 다아시 부인은 자매거든요. 그러니까 캐서린 부인은 다아시 씨의 이모가 되지요."

"어머, 전혀 모르던 사실이에요. 캐서린 부인의 가족 관계에 대해서는 들은 게 없거든요. 그저께 캐서린 부인에 관한 이야기도 처음 들었으니까요."

"따님인 드 버그 양은 상당히 많은 재산을 물려받을 거예요. 그런데 그녀와 사촌 다아시 씨가 재산을 합칠 거라는 소문이 파다하게 퍼지고 있답니다."

이 말을 들은 엘리자베스는 불쌍한 빙리 양을 떠올리면서 미소를 지었다. 만일 다아시가 다른 사람과 결혼하기로 계획하고 있다면, 빙리 양의 모든 노력과 관심도 허사로 돌아갈 것이 분명했다. 또한 그녀가 다아시의 여동생에게 쏟은 애정이나 다아시를 칭찬했던 말도 모두 물거품이 될 것이었다. 엘리자베스가 다시 말했다.

"콜린스 씨는 캐서린 부인과 그분의 따님을 입에 침이 마르도록 칭찬하더군요. 하지만 부인에 관한 이야기를 들으면 들을수록 이런 생각이 들더라고요. 콜린스 씨는 부인에게 지나치게 감사한 나머지 부인에 대해 잘못 생각하고 있는 것 같고, 후원자인 부인은 오만하고 잘난 척하는 사람 같아요."

이에 위컴이 대답했다.

"맞는 말씀입니다. 부인을 못 뵌 지도 벌써 여러 해가 지났군요. 저는 부인을 좋아해 본 적이 없습니다. 그분이 독선적이고 겸손하지 않았다는 점은 지금도 기억이 나네요. 현명하고 분별력이 있다는 평판도 있지만요. 하지만 그러한 평판은 부인의 높은 지위와 많은 재산, 그리고 권위에서 비롯된 것이지요. 물론 조카의 오만함도 더해져서요. 다아시 씨는 자기 친척이라면 누구든지 머리가 아주 좋다고 마음대로 생각하거든요."

엘리자베스는 위컴의 설명이 매우 합리적이라고 생각했다. 두 사람은 만족스러운 대화를 계속 이어 나갔다. 카드놀이가 끝나자 모두 저녁 식사를 하기 위해 자리를 옮겼다. 그래서 위컴은 다른 아가씨들과도 대화를 나누게 되었다. 저녁 식사의 분위기는 다소 시끄러워서 제대로 대화를 나누기는 힘들었다. 하지만 모든 사람은 위컴의 훌륭한 태도를 칭찬했다. 그의 모든 말은 적절했고, 그의 모든 행동에는 품위가 있었다. 엘리자베스는 위컴에 대한 생각을 하며 이모의 집을 나섰다. 그녀는 집으로 돌아오는 내내 위컴과 나누었던 대화 내용을 떠올렸다. 하지만 리디아와 콜린스가 쉬지 않고 떠들어 대서 그의 이름조차 말할 수 없었다. 리디아는 게임에서 얼마를 잃고 얼마를 땄다는 이야기를 끊임없이 했고, 콜린스는 필립스 씨 부부가 너무 잘 대접해 주었다는 것과 휘스트에서 잃은 것은 아무렇지도 않았다는 이야기를 했다. 또한 그는 저녁 식사 때 나왔던 음식들을 열거하면서 자신 때문에 사촌들이 비좁은 건 아닌지 계속 염려했다. 여하튼 마차가 롱본에 도착할 때까지 이야기는 멈추지 않았다.

17

다음 날, 엘리자베스는 제인에게 위컴과 나누었던 이야기를 빼놓지 않고 들려주었다. 제인은 놀라기도 하고 걱정스러운 표정을 지으면서 이야기에 귀를 기울였다. 그녀는 다아시가 친구인 빙리의 존경심을 받을 만한 자격이 없다는 것을 받아들이기 힘들다고 말했다. 그렇다고 해서 위컴처럼 친절한 청년의 말을 의심한다는 것도 제인에게는 용납할 수 없는 일이었다. 게다가 위컴이 실제로 그러한 수모를 당했을지도 모른다고 생각하자, 마음씨가 고운 제인은 그 일에 관심을 두지 않을 수가 없었다. 결국 그녀는 두 사람 모두 좋은 쪽으로 판단하기로 했다. 그 외에 설명하기 어려운 일은 우연이나 오해 때문일 거라고 여겼다.

"감히 짐작해 보자면, 두 분 모두 어떤 이유로 속고 있는 것 같아. 이해관계에 있는 누군가가 두 분 사이를 이간질한 게 아닐까? 그러니까 두 분 사이가 멀어지게 된 이유를 추측하다 보면, 두 분 가운데 한 분은 억울한 누명을 뒤집어쓸 수도 있을 거야.”

“언니 말이 맞아. 그렇다면 자신의 이해관계 때문에 두 분 사이를 갈라놓은 사람은 어떻게 봐야 해? 그 사람도 편을 들어줘야 하는 거 아니야? 그렇지 않다면 여하간 나쁜 사람이 있기는 한 거니까.”

“우습다면 마음껏 웃어도 좋아. 하지만 네가 아무리 뭐라고 해도 내 생각은 바뀌지 않을 거야. 리지야, 한번 생각해 보렴. 돌아가신 아버지가 아끼던 사람을 그렇게 대한다면 얼마나 부끄러운 일이겠니? 난 도저히 이해할 수가 없어. 조금이라도 인정이 있고, 명예를 소중하게 여긴다면 더더욱 그럴 수가 없겠지. 그 사람과 친한 친구들이 그렇게 사람을 잘못 판단한다는 건 말이 안 돼.”

“위컴 씨는 나한테 이름이나 사실, 집안 내력 등을 자세히 말했는걸? 그러니까 위컴 씨가 이야기를 꾸며 냈다기보다는 빙리 씨가 다아시 씨에게 속았다고 보는 게 맞을 거야. 위컴 씨의 말과 표정에는 진실함이 담겨 있었거든. 만일 아니라면 다아시 씨가 사실을 증명해 보이면 되잖아.”

"정말 곤란한 일이구나. 난 어떻게 해야 할지 감이 오지 않아."

"안된 일이긴 하지만, 어떻게 생각해야 할지는 뻔하."

하지만 제인도 한 가지만은 확실하다고 생각했다. 빙리가 다아시에게 진짜 속고 있다면 진실이 밝혀졌을 때 매우 괴로워할 것이라는 사실이었다.

자매가 정원의 숲길에서 이러한 대화를 나누고 있을 때 화제의 주인공들이 도착했다는 소식이 들려왔다. 빙리와 그의 누이들은 오랫동안 기다리던 네더필드의 무도회를 다음 주 화요일에 열기로 했다면서, 그들을 초대하고자 직접 찾아왔다. 빙리 자매는 제인에게 다시 만나게 되어서 무척 기쁘고, 지난번에 만난 것이 며칠밖에 지나지 않았지만 오랜만에 본 것 같다고 말하면서 이후에 어떻게 지냈느냐고 거듭 물었다. 그녀들은 다른 베넷 가족들에게는 신경을 쓰지 않았다. 베넷 부인은 되도록 마주치지 않으려 했고, 엘리자베스에게도 거의 말을 건네지 않았다. 그 이외의 사람들에게는 한마디도 하지 않았다. 그녀들은 빙리가 놀랄 정도로 재빠르게 자리에서 일어나 베넷 부인의 정중한 인사를 피하려는 듯 급하게 그곳을 떠났다.

베넷 집안의 여성들은 네더필드의 무도회를 상상하며 즐

거워했다. 베넷 부인은 그 무도회가 맏딸을 위해서 열리는 것이라고 마음대로 생각한 뒤, 초대장만 형식적으로 보낸 것이 아니라 빙리가 직접 방문해서 초대한 것을 매우 흐뭇하게 여겼다. 제인은 두 친구를 만나고 그들의 오빠인 빙리와는 더 많은 시간을 보낼 수 있으리라는 기대감에 부풀었다. 엘리자베스는 위컴과 여러 번 춤추고, 다아시의 표정이나 행동을 관찰하면 확실한 사실을 알아낼 수 있을 것으로 생각하면서 기뻐했다. 캐서린과 리디아는 어떤 한 가지 일이나 한 사람만을 떠올리면서 즐거워하지 않았다. 그녀들은 엘리자베스처럼 무도회에서 위컴과 춤출 계획이었다. 하지만 위컴만이 자신들을 만족하게 할 상대라고 생각하지는 않았다. 심지어 메리까지도 그 무도회에 관심이 간다고 말했다.

"난 오전 시간에만 혼자 있을 수 있으면 돼. 가끔 저녁 모임에 끼는 것도 크게 불편하지는 않아. 사교 생활은 누구에게나 필요하니까. 난 시간이 될 때마다 오락과 놀이를 즐기는 것이 좋다고 생각하는 사람 중의 하나거든."

들떠 있었던 엘리자베스는 평소 같았으면 불필요한 말을 걸지 않았을 콜린스에게 빙리의 초대를 받아들일 건지, 그렇다면 다른 사람들처럼 약간은 요란스럽고 흥겹게 노는 것이 괜찮은지 물었다. 콜린스는 춤추고 오락을 즐긴다고 해서 대주교나 캐서린 부인에게 책망을 듣지는 않으니 염려하지 않아도 된다고 대답했다.

"저는 인격이 훌륭한 청년이 존경할 만한 분들을 위해 여는 무도회는 절대 나쁘지 않다고 생각합니다. 저 역시 춤추는 데 전혀 문제가 없고요. 오히려 무도회 날에 제 아름다운 사촌들의 손을 모두 잡아 보고 싶군요. 이 기회에 엘리자베스 양에게 부탁드리겠습니다. 그날 처음 두 번은 저와 춤추어 주셨으면 좋겠습니다. 제인 양은 이러한 저의 선택을 이 해하실 거라 믿고, 저 역시 제인 양에게 실례되는 일이 아니라고 생각합니다."

엘리자베스는 콜린스에게 꼼짝없이 당했다는 느낌이 들었다. 무도회에서 첫 두 번의 춤을 위컴과 추기로 했기 때문이다. 이게 전부 엘리자베스의 쾌활한 성격이 낳은 결과였다. 하지만 후회해도 이미 늦은 일이었다. 엘리자베스는 어쩔 수 없이 위컴과 행복한 시간을 보내는 것을 뒤로 미루고, 콜린스의 요청을 받아들였다. 그녀는 대담한 콜린스의 요청에 춤 이상의 어떤 의미가 담겨 있는 것 같아서 썩 기분이 좋지는 않았다. 그녀는 그제야 비로소 깨달았다. 자매들 가운데 자신이 헌스퍼드 목사관의 안주인이 되어 로징스의 캐서린 부인 집에서 열리는 카드놀이를 함께 즐기기에 가장 적당한 사람으로 선택된 것이다. 콜린스가 그녀에게 더욱 친절하게 대하고 그녀의 재치나 쾌활함을 칭찬하는 것을 보고, 그녀의 생각은 확신으로 굳어졌다. 엘리자베스는 자신의 매력이 그의 마음에 들었다는 사실에 만족하기보다는 오히려 경악했다. 그때 베넷 부인은 두 사람이 결혼하면 너무 기쁘겠다고 은근히 마음을 표현했다. 하지만 엘리자베스는 어머니의 말을 무시해 버렸다. 어떤 대답이라도 하면 심각한 논쟁이 벌어지게 될 것이 분명했기 때문이다. 콜린스가 청혼을 안 할지도 몰랐다. 따라서 그가 실제로 청혼할 때까지 괜히 시비를 따지는 것은 소용없는 일이었다.

네더필드의 무도회 준비를 하거나 그에 관한 이야기라도 하지 않았다면 베넷 집안의 가장 어린 두 딸은 따분함을 넘어서 깊은 슬픔에 잠겼을지도 몰랐다. 왜냐하면 무도회 초대를 받은 날부터 무도회가 열리는 날까지 날마다 비가 내려서 한 번도 메리턴에 갈 수 없었기 때문이다. 그녀들은 이모나 장교들을 만날 수도 없었고, 새로운 소식을 들을 수도 없었다. 심지어 무도회에서 신을 구두 장식도 하인을 통해 사야만 했다. 엘리자베스 역시 날씨가 자신의 인내력을 테스트하는 것처럼 느꼈다. 날씨가 좋지 않아서 위컴과 만날 기회가 없었던 것이다. 화요일에 무도회가 열리지 않았다면 캐서린과 리디

아는 따분한 금요일, 토요일, 일요일 그리고 월요일을 견디지
못했을 것이다.

18

엘리자베스는 네더필드의 응접실에 들어서자마자, 붉은 군복을 입은 사람들을 둘러보았다. 하지만 위컴은 보이지 않았다. 그러자 그녀는 위컴이 무도회에 초대받지 않았을지도 모른다는 생각이 들었다. 그녀는 그와의 대화를 떠올려 보면 너무 당연하게 무도회에 가면 그를 만날 수 있을 것으로 생각한 것이다. 그래서 그녀는 평상시보다 더욱 신경 써서 옷을 차려입었다. 그녀는 그날 저녁 중으로 그의 마음을 완전히 사로잡을 수 있을 거라고 믿었다. 하지만 그때 엘리자베스는 빙리가 다아시의 기분을 맞춰 주려고 일부러 위컴에게는 초대장을 보내지 않았을지도 모른다는 생각이 들었다. 이 추측은 정확하게 맞지는 않았지만, 위컴의 친구인 데니가 그 이유를 알려 주었다. 궁금증을 참지 못한 리디아가 계속해서 묻자,

데니는 위컴이 어제 급한 일이 생겨서 런던에 갔는데 아직 돌아오지 않았다고 대답했다. 그는 의미심장한 미소를 짓더니 덧붙여 말했다.

"무도회에 참석한 어떤 사람을 피하고 싶지 않았다면 굳이 런던에 가지는 않았겠지요."

리디아는 이 말을 듣지 못했지만, 엘리자베스는 확실하게 알아들었다. 위컴이 무도회에 참석하지 않은 이유는 그녀의 짐작대로 다아시에게 책임이 있었다. 위컴을 만날 수 없다는 실망감 때문에 다아시에 대한 그녀의 불쾌함은 더욱 커져만 갔다. 그래서 엘리자베스는 다아시가 곁으로 다가와 인사했음에도 정중하게 답할 수가 없었다. 다아시를 정중하게 대하고 그의 말에 친절하게 답하는 것은 위컴을 모욕하는 일이라고 생각한 것이다. 그래서 엘리자베스는 다아시와 한마디도 말하지 않겠다고 결심하고는 일부러 그를 외면했다. 그녀의 기분은 빙리와 대화할 때도 풀리지 않았다. 오히려 다아시에 대한 빙리의 애정을 생각하면 화가 치밀어 올랐다.

하지만 엘리자베스의 성격으로는 화내면서 우울하게 앉아 있는 것도 힘든 일이었다. 그녀가 기대하고 바랐던 것은 산산조각이 나 버렸지만, 그녀는 계속 우울해하지 않았다. 엘리자베스는 1주일 동안 만나지 못했던 샬럿 루카스에게 자기 생각을 전부 털어놓았다. 그런 다음 콜린스에 대한 이야기로 화제를 돌렸다. 하지만 엘리자베스는 콜린스와 처음 두 번의 춤을 추고 나서는 다시 우울해졌다. 두 번의 춤은 고통스러운 시간이었다. 춤에 서툴렀던 콜린스는 실수를 저지르면 춤에 집중하지 않은 채 변명을 늘어놓기에 바빴다. 엘리자베스는 그와 춤추면서 수치스러움까지 느꼈다. 그래서 그녀는 그와의 춤이 끝났을 때 날아오를 것 같이 기뻤다.

엘리자베스는 다음으로 어떤 장교와 춤추었다. 그는 그녀와 춤추면서 모두 위컴을 좋아한다고 말했고, 그 말을 들은 엘리자베스의 기분은 한결 가벼워졌다. 춤이 끝난 후 엘리자베스는 다시 샬럿과 이런저런 이야기를 나누었다. 그때 갑자기 다아시가 엘리자베스에게 다가와 함께 춤추자고 청했다. 너무 갑작스러운 일이어서 그녀는 얼떨결에 수락하고 말았다. 다아시가 자리를 떠나자, 엘리자베스는 순간적으로 방심했던 자신에게 짜증이 났다. 그러자 샬럿은 그녀를 위로하기 시작했다.

"알고 보면 다아시 씨도 좋은 사람일 거야."

"그게 무슨 소리니? 그거야말로 불행 중에서도 최고의 불행이야. 미워하려는 사람이 알고 보니 좋은 사람이라니! 날 생각한다면 그런 말은 하지 말아 줘."

다시 춤이 시작되고 다아시가 엘리자베스와 춤추기 위해 다가오자, 샬럿은 엘리자베스의 귀에 대고 이렇게 충고했다. 위컴이 마음에 들어도 그보다 열 배는 지위가 높은 남자의 마음을 괜히 불편하게 하지 말라고 말이다. 엘리자베스는 그녀의 충고에 어떤 대답도 하지 않았다. 두 사람은 아무 말도 하지 않은 채 춤만 추었다. 엘리자베스는 춤추는 내내 다아시와 대화를 나누지 않을 것 같다고 생각했다. 그녀는 자신이 먼저 어색한 침묵을 깨뜨리지 말아야겠다고 결심했다. 하지만 다아시가 말하지 않을 생각이라면 그에게 말을 거는 것이 더 그를 교묘하게 괴롭히는 것으로 생각한 그녀는 춤에 대한 자기 생각을 한두 마디 건넸다. 이에 다아시는 대답하고는 다시 입을 다물었다. 두 사람 사이에 또 어색한 침묵이 흘렀다. 잠시 후 엘리자베스는 다시 그에게 말을 걸었다.

"이제 다아시 씨가 말씀하실 차례예요. 저는 춤에 관해서 이야기했으니까 당신은 무도회장의 크기라든가 몇 명의 사람이 왔는지 등에 관해 말씀하셔야지요."

다아시는 미소를 지으면서 무엇이든 듣고 싶은 이야기가 있다면 엘리자베스가 말한 대로 하겠다고 약속했다.

"좋아요. 지금은 그 대답만으로 충분해요. 조금 더 있으면 이런 사적인 무도회가 공적인 무도회보다 훨씬 즐겁다고 할지도 모르겠어요. 하지만 지금은 그냥 아무 말도 하지 않는 게 나을 것 같네요."

"그렇다면 춤출 때 규칙에 따라서 말씀하시나요?"

"가끔 그렇게 해요. 조금씩이라도 대화해야 하니까요. 30분 동안이나 입을 꾹 다물고 춤만 추는 건 이상하게 보일 거예요. 물론 어떤 사람과는 말하지 않고 춤만 추는 게 나은 경우도 있지요."

"그렇다면 지금은 본인의 감정에 따르고 있는 건가요, 아니면 제 감정을 만족시키려고 그러시는 건가요?"

이 질문에 엘리자베스는 장난기 가득한 얼굴로 대답했다.

"둘 다예요. 다아시 씨와 저는 취향이 아주 비슷한 것 같아요. 우린 둘 다 사교적이지도 않고 말이 많지도 않지요. 우리가 말한다면 적어도 사람들이 깜짝 놀라거나 후세에 대대로 전해질 명언 정도는 되어야 한다고 생각하고요."

"제가 생각하기에 그건 당신의 성격과 딱 맞는 것 같군요." 하고 다아시가 말했다. "하지만 제 성격에 얼마나 가까운지는 말씀드리기가 어렵네요. 당신은 제 성격을 정확하게 묘사했다고 생각하시겠지만요."

"제가 제 말에 대해서 옳고 그름을 따지면 안 되겠지요."

다아시는 대답하지 않았다. 두 사람은 다시 침묵을 지키면서 춤추었다. 그러다가 다아시는 엘리자베스에게 자매들이 메리턴에 종종 가지 않느냐고 물었다. 그녀는 자주 간다고 대답하고는 덧붙여서 말했다.

"지난번에 그곳에서 뵈었을 때 저희는 새로운 친구를 소개받았어요."

효과는 바로 나타났다. 다아시는 얼굴이 굳더니 한참 동안 아무 말이 없었다. 엘리자베스 역시 더 말을 잇지 못했다. 잠시 시간이 흐른 뒤 다아시가 어색한 표정으로 말했다.

"위컴 씨는 인상이 좋아서 친구를 쉽게 잘 사귀지요. 하지만 그 우정이 오래 지속되는지는 확실하지 않습니다."

"그분과 당신은 불행하게도 우정이 깨진 것 같더군요. 그것 때문에 계속 괴로워해야 할 것 같고요."

엘리자베스의 말에는 힘이 들어가 있었다. 다아시는 어떤 대답도 하지 않았다. 그는 얼른 화제를 바꾸었으면 하는 표정이었다. 바로 그때 방 건너편으로 가려던 윌리엄 경이 다아시를 알아보고는 그들 곁으로 다가왔다. 그는 걸음을 멈추고 다아시에게 정중하게 인사했다. 그리고는 다아시의 춤 실력과 파트너인 엘리자베스를 칭찬했다.

"아까부터 계속 감탄했습니다. 그처럼 훌륭한 춤은 보기 힘드니까요. 당신처럼 춤을 잘 추는 사람은 별로 없을 겁니다. 실례가 될지 모르겠지만 말씀을 드리자면, 당신의 아름다운 파트너도 당신 못지않게 춤을 잘 추시는군요. 이런 즐거운 모임이 자주 있었으면 좋겠네요."

그는 제인과 빙리를 힐끔 쳐다보더니 다시 말했다.

"엘리자 양! 제가 축하할 멋진 일이 꼭 일어났으면 좋겠군요. 그렇다면 모두가 축하 인사를 하겠지요. 다아시 씨, 제가 부탁드리겠습니다. 더는 두 분을 방해하지 않겠습니다. 이렇게 매력적인 아가씨와 보내시는 시간을 방해하면 당신에게 좋은 얘기를 듣기 어려울 테니까요. 엘리자 양도 아름다운 눈으로 저를 책망하는 것 같고요."

다아시는 윌리엄 경이 나중에 한 말은 제대로 듣지 못했다. 하지만 윌리엄 경이 자신의 친구를 암시하는 듯한 말을 한 것에 신경이 쓰였는지 함께 춤추고 있는 빙리와 제인을 진지한 표정으로 바라보았다. 곧 정신이 든 그는 엘리자베스에게 말했다.

"윌리엄 경의 말씀 때문에 우리가 무슨 이야기를 하고 있었는지 잊어버렸습니다."

"우린 어떤 이야기도 나누지 않았어요. 이곳에서 할 말이 가장 없는 우리를 어떻게 방해할 수 있는지 모르셨던 거지요. 몇 가지 화제를 꺼내 봤지만 성공하지 못했어요. 그래서 이제 무슨 말을 꺼내야 할지 모르겠네요.”

“책에 대해서 이야기해 볼까요?” 하고 다아시가 웃으면서 말했다.

“책이요? 그건 곤란해요. 우리가 똑같은 책을 읽은 것도 아닐 거고, 만약 같은 책을 읽었다고 하더라도 같은 기분으로 읽지는 않았을 테니까요.”

“음, 그렇게 생각하신다니 유감이네요. 하지만 그렇다면 화제 때문에 고민할 필요는 없을 것 같군요. 서로 다른 의견을 비교해 볼 수도 있으니까요.”

“그래도 이야기하지 않는 게 낫겠어요. 춤추다가 느닷없이 책 이야기를 할 수는 없어요. 게다가 지금 제 머릿속은 다른 생각으로 꽉 차 있거든요.”

“이런 곳에서는 눈앞에 보이는 일만 생각하신다는 의미인가요?”

다아시는 의아한 표정을 지으며 말했다.

“네, 전 늘 그렇답니다.”

엘리자베스는 다른 생각을 하느라 그저 나오는 대로 대답했다. 그녀의 생각은 이미 대화에서 한참 벗어나 있었다. 그것은 얼마 지나지 않아 그녀가 갑작스럽게 한 말로 더욱 확실해졌다.

"다아시 씨! 언젠가 당신은 이런 말씀을 하지 않으셨나요? 당신은 사람을 잘 용서하지 못하고, 한번 화나면 쉽게 풀리지 않는 성격이라고요. 그래서 당신은 화내지 않으려고 매우 노력하시지 않나요?"

"맞습니다." 하고 다아시는 단호하게 말했다.

"편견 때문에 잘못 판단하지 않도록 노력하셔야겠군요."

"그러기 위해서 노력하고 있습니다."

"자신의 의견을 좀처럼 바꾸지 않는 사람은 누구보다 판단을 내릴 때 신중해야겠지요."

"실례가 될지 모르겠지만, 왜 저한테 그런 질문을 하시는 거지요?"

"그냥 당신의 성격을 파악하고 싶어서요. 그러기 위해서 노력하고 있거든요."

"그래서 뭔가 파악하신 게 있나요?"

"아직은 잘 모르겠어요. 당신에 관해서 다들 다르게 말하니 도무지 파악할 수가 없네요."

"그렇군요." 하고 다아시는 엄숙하게 말했다. "저도 짐작하고 있었습니다. 지금은 저에 대한 다양한 평가가 떠돌 거예요. 하지만 베넷 양, 지금은 제 성격에 대해서 너무 성급하게 결론을 내리려고 하지 마세요. 서로 도움이 되는 건 아니니까요.”

“하지만 지금 파악하지 못하면 다시는 이런 기회를 잡을 수 없게 될지도 몰라요.”

“꼭 그렇게 하시겠다면 말릴 생각은 조금도 없습니다.”

냉정한 다아시의 말에 엘리자베스는 입을 다물었다. 두 사람은 한 번 더 춤추고는 말없이 헤어졌다. 정도의 차이는 있었지만, 두 사람 모두 만족스럽지 못한 상태였다. 다아시는 엘리자베스를 좋아하는 마음이 있었으므로 금방 그녀를 용서했다. 하지만 그는 분노의 감정을 다른 사람에게 돌리기로 했다.

두 사람이 헤어진 지 얼마 안 되어서 빙리 양이 엘리자베스에게 다가왔다. 그녀는 경멸에 찬 표정으로 말을 건넸다.

“엘리자 양, 조지 위컴 씨를 무척 좋아하신다는 이야기를 들었어요. 제인 언니가 그 사람에 관해서 이것저것 물어보더군요. 그 사람은 자신에 대해 이야기하면서 자신이 다아시 씨 집안의 집사를 지낸 위컴 씨의 아들이란 사실만 말하지 않았나 봐요. 제가 친구로서 말씀드리자면, 절대 그 사람의 말을 그대로 믿지 마세요. 다아시 씨가 그 사람에게 몹쓸 짓을 했다는 건 새빨간 거짓말이에요. 오히려 그 사람이 다아시 씨를 막 대했는데도 다아시 씨는 늘 친절하게 대해 주었거든요. 자세한 사정까지는 모르겠지만, 다아시 씨는 잘못한 점이 없다는 건 확실해요. 그분은 조지 위컴이라는 이름만 듣는 것도 거북하게 생각하지요. 그래서 저의 오빠는 장교들을 초대할 때 그 사람만 빼놓을 수 없어서 고민을 많이 했어요. 그런데 다행히도 스스로 도망쳐서 마음을 놓았지요. 그 사람이 이곳에 온다는 건 정말 있을 수 없는 일이에요. 어떻게 감히 그럴 수가 있겠어요? 여하튼 엘리자 양, 당신이 호감을 느끼는 사람의 잘못이 드러나서 정말 안타깝네요. 하지만 그 사람의 신분을 고려하면 그 이상을 기대하는 건 무리겠지요.”

이 말을 들은 엘리자베스는 벌컥 화내며 말했다.

“그분의 신분이 미천해서 잘못을 저지른 것처럼 말씀하시는군요. 그분이 다아시 씨 집안의 집사를 지낸 위컴 씨의 아들이라는 사실을 헐뜯는 거 같은데, 그 이야기라면 저도 그분께 직접 들었어요.”

그러자 빙리 양은 비웃는 듯한 표정을 지으며 말했다.

“그렇다면 미안하군요. 괜히 제가 마음을 불편하게 했네요. 하지만 저는 좋은 의도로 드린 말씀이랍니다.”

“건방진 사람 같으니라고!” 하고 엘리자베스는 혼자 중얼거렸다. “그렇게 비겁한 수단으로 내 마음이 바뀔 것으로 생각하면 큰 오산이야. 자신이 사실을 제대로 모르고 있는 것과 다아시 씨의 심술궂은 성격만 드러낸 셈이지."

엘리자베스는 그 문제에 관해서 빙리에게 이것저것 물어 보고 있을 언니를 찾았다. 제인은 행복한 표정으로 미소를 띠고 있었다. 그녀의 얼굴만 보아도 그날 무도회에 얼마나 만족하고 있는지 짐작할 수 있었다. 언니의 기분을 알아차린 엘리자베스는 위컴에 대한 생각과 그 밖의 분노 등을 전부 떨칠 수 있었다. 그 대신 그녀는 언니의 일이 잘 풀리기를 바랐다. 엘리자베스는 언니처럼 환한 미소를 지으며 말했다.

"언니, 위컴 씨에 대해서 어떤 이야기를 들었어? 하긴 언닌 저분과 있는 시간이 너무 재미있어서 다른 생각은 전혀 하지 못했겠네. 뭐, 그건 용서해 줄게."

"내가 어떻게 그분 일을 잊을 수 있겠니? 하지만 그다지 들려줄 만한 이야기가 없구나. 빙리 씨는 그분의 이력에 대해서 자세히 모르더라고. 다아시 씨와 관련된 일은 아예 모르고 말이야. 하지만 다아시 씨의 명예와 정의감과 성실함에 대해서는 자신이 보증할 수 있다고 하셨어. 그리고 다아시 씨가 위컴 씨에게 과분한 친절을 베풀었다고 생각하시더라. 이런 말을 해서 미안하지만, 빙리 씨나 그의 누이들의 이야기로 짐작해 보면 위컴 씨는 존경할 만한 사람이 아닌 것 같아. 위컴 씨는 행동이 너무 가벼워서 다아시 씨의 마음에 들지 않은 거겠지.”

“빙리 씨는 위컴 씨에 대해서 잘 모르잖아.”

“응, 지난번에 메리턴에서 처음 만난 거니까.”

“그럼 보나 마나 그 이야기를 다아시 씨한테 들었겠지. 목사직에 대해서는 뭐라 그래?”

“그 이야기는 여러 번 다아시 씨한테 듣긴 했는데 잘 기억이 안 나 봐. 어쨌거나 조건이 있었던 것으로 알고 있던데?”

“빙리 씨의 말을 의심하는 건 아니야. 하지만 그분이 보증한다고 해서 전부 믿을 수 있는 건 아니지. 빙리 씨는 위컴 씨에 대해서 모르는 것이 너무 많아. 그나마 알고 있는 것도 다아시 씨에게 들은 게 전부이고. 따라서 난 위컴 씨와 다아시 씨에 대한 기존 생각을 바꾸지 않을래.”

말을 끝낸 엘리자베스는 두 사람의 의견 차이가 없고 함께 즐거워할 수 있는 이야기로 화제를 바꾸었다. 제인은 빙리에 대한 자신의 감정과 희망을 말했고, 엘리자베스는 기쁜 마음으로 언니의 이야기에 귀를 기울이며 그녀를 격려하기 위해 애썼다. 그때 빙리가 두 사람 곁으로 다가왔다. 그래서 엘리자베스는 루카스 양이 있는 곳으로 자리를 옮겼다. 루카스 양은 조금 전 파트너와 즐겁게 춤추었느냐고 물었다. 엘리자베스가 대답을 채 하기도 전에 콜린스가 다가와 기쁨에 찬 얼굴

로 지금 자신은 운 좋게도 아주 중요한 사실을 알게 되었다고
말했다.

"너무 신기하게도 바로 이 안에 저의 후원자의 가까운 친
척분이 계시더군요. 그 신사분이 이 댁의 안주인 역할을 하고
계시는 빙리 양에게 자기의 사촌 동생인 드 버그 양과 그녀의
어머니인 캐서린 부인의 이야기를 하는 것을 우연히 들었습
니다. 정말 세상이 좁긴 한가 봅니다. 이런 모임에서 캐서린
부인의 조카분을 만나게 되다니! 상상조차 하기 힘든 일이지
요. 지금이라도 알게 되어서 인사드릴 수 있으니 다행입니다.
좀 더 빨리 인사드리지 못한 점을 용서해 주시겠지요. 저는
정말 아무것도 모르고 있었으니까요."

"다아시 씨께 인사드린다는 말씀인가요?"

"그럼요. 더 빨리 인사드리지 못한 것을 용서해 달라고 말
씀드려야겠습니다. 캐서린 부인의 조카분이 틀림없으니까요.
1주일 전까지만 해도 부인께서 아주 건강하셨다는 사실을 그
분께 알려야지요."

엘리자베스는 콜린스를 말리기 위해 애썼다. 그녀는 그에
게 다아시는 다른 사람의 소개 없이 불쑥 자신을 소개하는 것
을 자신의 이모님에 대한 예의가 아니라 오히려 무례한 행동
이라고 생각할 수 있다는 점과 반드시 서로 인사해야 할 필

요도 없고, 그럴 필요가 있다 하더라도 지위가 높은 다아시가 먼저 인사를 청해야 한다고 말해 주었다. 하지만 콜린스는 엘리자베스가 어떤 말을 해도 자신의 계획을 바꾸지 않겠다고 다짐하면서 그녀의 말을 경청했다. 그는 엘리자베스가 말을 마치자 이렇게 말했다.

"엘리자베스 양, 당신의 훌륭한 판단에 대해서는 누구보다 감탄하고 있습니다. 하지만 보통 사람들의 예의와 목사들에게 필요한 것은 많은 차이가 있다는 점을 말씀드려야 할 것 같군요. 왜냐하면 목사의 위엄은 어떤 높은 지위의 권위와도 대등하기 때문입니다. 당연히 그에 맞게 겸손한 태도가 필요하겠지요. 따라서 지금 같은 경우에는 제 양심이 명령하는 대로 따를 수밖에 없음을 이해해 주시길 바랍니다. 그래야 제가 생각하는 의무를 행동으로 옮길 수 있으니까요. 당신이 충고해 주신 대로 따르지 못해서 죄송합니다. 다른 일이라면 당신의 충고대로 하겠습니다. 하지만 이 문제에서는 당신처럼 젊은 아가씨의 판단보다는 조금이라도 교육을 많이 받고 경험이 많은 제 판단이 옳을 것 같군요."

말을 마친 콜린스는 엘리자베스에게 허리를 굽혀 절하고는 다아시에게 다가갔다. 엘리자베스는 다아시가 콜린스를 어떻게 받아들일지 궁금해하며 그들을 열심히 지켜보았다.

콜린스의 인사를 받은 다아시는 눈에 띄게 놀라는 모습을 보였다. 그녀의 친척은 정중하게 절한 뒤 이야기를 시작했다. 엘리자베스가 있는 곳까지 말소리가 들리지는 않았지만, 무슨 이야기를 하는지 짐작할 수 있었다. 그의 입술 모양으로 보아 '사과', '헌스퍼드', '캐서린 드 버그 부인' 같은 말을 하는 것 같았다. 엘리자베스는 콜린스가 다아시 같은 사람에게 자신의 이야기를 하는 것이 이해가 되지 않았다. 다아시는 계속 놀란 표정으로 콜린스를 바라보았다. 이윽고 콜린스가 그에게 말할 기회를 주자, 그는 정중하면서도 냉정하게 답례했다. 콜린스는 크게 신경 쓰지 않고 계속 이야기를 해 나갔다. 그의 이야기가 길어지자, 콜린스에 대한 다아시의 경멸은 점점 커지는 것처럼 보였다. 콜린스의 이야기가 끝나자, 다아시는 가볍게 고개를 숙여 인사하고는 다른 곳으로 가 버렸다. 콜린스는 엘리자베스에게 되돌아왔다.

"제가 지금 받은 대접에 대해 불만을 가질 이유는 없다고 생각합니다. 다아시 씨는 제가 먼저 인사드린 것을 아주 만족스러워하시는 것 같았어요. 아주 정중하게 대답해 주시더라고요. 캐서린 부인께서는 사람을 보는 통찰력이 있어서 그분이 애정을 보였다면 저에게 그럴 만한 자격이 있을 거라는 말씀까지 하셨습니다. 정말 훌륭하지 않나요? 인사드리기를 잘

한 것 같습니다."

엘리자베스는 더는 콜린스의 말에 흥미를 느끼지 못해서 언니와 빙리에게 주의를 기울였다. 그러자 그녀는 그들과 관련한 즐거운 생각들이 떠올라 언니처럼 행복해졌다. 그녀는 제인이 진실된 애정을 바탕으로 결혼해 충만한 행복을 느끼며 이 집에서 살게 될 모습을 상상해 보았다. 그렇게 된다면 빙리의 두 누이가 좋아지도록 노력할 수 있을 것 같았다. 그녀의 어머니도 같은 생각일 것이 뻔했다. 그래서 엘리자베스는 어머니의 수다를 피하고자 되도록 어머니 곁에 가지 말아야겠다고 생각했다. 하지만 그녀가 저녁 식탁에 앉았을 때는 서로 대화를 나누어야 할 상황이었다. 식탁에는 그녀와 그녀의 어머니 그리고 루카스 부인만 있었기 때문이다. 베넷 부인은 루카스 부인에게 머지않아 제인이 빙리와 결혼할 것이라고 이야기했다. 이 말에 엘리자베스는 어찌할 바를 몰라 했다. 베넷 부인에게 그것은 가장 좋은 화제였기 때문에 그녀는 그 결혼의 좋은 점만 나열하며 지치지 않고 계속해서 이야기했다.

베넷 부인은 빙리가 정말 매력적이고 부자인 데다가 3마일밖에 떨어지지 않은 곳에 살고 있다는 점을 마음에 들어 했다. 그리고 빙리의 두 누이는 제인과 매우 친해서 그들 역시 자신처럼 두 사람이 결혼하기를 바랄 것이라고 확신했다. 또한 제인이 빙리와 결혼하면 그 아래 동생들에게도 좋은 일이었다. 동생들도 다른 재산가와 만날 확률이 높아질 거라는 계산 때문이었다. 마지막으로 제인이 자신의 나이 정도 되면 동생들을 돌보아 줄 수 있으므로 자신은 내키지 않는 모임에 나가지 않아도 된다는 점도 기쁜 일이었다. 하지만 베넷 쿠인은 아무리 나이가 들어도 집에서 꼼짝하지 않을 사람이 아니었다. 그녀는 루카스 부인에게도 똑같은 행운이 따르기를 바란다고 말했다. 하지만 속으로는 절대 그런 기회가 없을 것이라며 승리감에 젖었다.

엘리자베스는 어머니가 하는 이야기를 건너편에 앉아 있던 다아시가 들을까 봐 걱정되어서 어머니에게 목소리를 작게 해 달라고 부탁했으나 소용이 없었다. 베넷 부인은 오히려 딸을 꾸짖었다.

"다아시 씨가 무슨 상관이 있다고 내가 저 사람까지 조심하면서 말해야 하니? 그렇다면 저 사람이 듣고 싶어 하지 않는 말은 해서는 안 된다는 거니? 우리가 뭘 잘못했다고?"

"엄마, 제발 부탁인데 조금만 작은 목소리로 말씀하세요. 다아시 씨의 기분을 상하게 해서 우리가 좋은 게 뭐가 있겠어요? 괜히 다아시 씨의 친구분에게도 좋지 않은 인상만 남기

게 된다고요."

　하지만 엘리자베스가 어떤 말을 해도 소용이 없었다. 베넷 부인은 여전히 다른 사람에게 다 들릴 정도로 큰 목소리로 이야기했다. 엘리자베스는 너무 부끄럽고 화가 나서 얼굴이 붉어졌다. 그녀는 다아시의 눈치를 한번씩 살폈고, 그때마다 자신이 걱정하는 것이 현실로 나타나는 것처럼 느껴졌다. 다아시는 베넷 부인을 바라보고 있지는 않았지만, 그녀가 하는 말에 신경을 쓰고 있는 것이 분명했다. 처음에 다아시는 분노와 경멸의 표정을 짓다가 점점 심각한 얼굴로 바뀌었다.

　마침내 베넷 부인의 이야깃거리도 떨어졌다. 그녀의 반복되는 이야기를 들으면서 하품하던 루카스 부인은 그제야 햄과 닭고기의 맛을 보았다. 엘리자베스도 겨우 한숨을 돌렸다. 하지만 이러한 평온함은 오래 지속되지 않았다. 저녁 식사가 끝나고 노래에 관한 이야기가 나오자, 아무도 청하지 않았는데도 메리가 노래를 부르겠다고 나섰기 때문이다. 엘리자베스는 메리가 나서지 못하도록 여러 번 눈짓으로 신호를 보냈지만 아무 소용이 없었다. 메리는 자신의 노래 솜씨를 뽐낼 기회가 왔다고 생각했는지 들뜬 표정으로 노래를 부르기 시작했다. 엘리자베스는 괴로운 표정으로 동생을 바라보았다. 메리가 노래를 부르는 동안 그녀는 초조함을 감추지 못했다.

메리는 한 곡이 끝나고 사람들이 다시 노래를 청하는 듯하자, 30초 정도 여유를 두고 다음 노래를 부르기 시작했다. 메리의 노래 실력은 자랑할 만한 수준이 아니었다. 그녀의 목소리에는 힘이 없었고, 태도는 일부러 꾸민 것처럼 어색하게 보였다. 그 시간을 견디는 것도 고통이었다. 엘리자베스는 제인이 어떻게 그 시간을 견디고 있는지 궁금해서 그녀 쪽으로 눈길을 돌렸다. 하지만 제인은 차분한 태도로 빙리와 대화를 나누고 있었다. 엘리자베스는 이어서 빙리의 두 누이에게 시선을 돌렸다. 그녀들은 조롱으로 가득 찬 표정을 지으면서 다아시 쪽을 바라보았다. 하지만 다아시는 그녀들의 표정에 반응하지 않은 채 여전히 심각한 표정을 짓고 있었다. 엘리자베스는 메리가 밤새도록 노래를 부르지 못하도록 도와 달라는 눈짓을 아버지에게 보냈다. 베넷 씨는 딸의 그 신호를 바로 알아차리고는 메리의 두 번째 노래가 끝나자 큰 소리로 말했다.

"메리야, 이제 그 정도면 됐다. 아주 잘 불렀어. 네가 모든 사람을 만족하게 했구나. 이제 다른 아가씨들에게도 솜씨를 뽐낼 기회를 주어야지."

메리는 아버지의 말을 못 들은 척했지만 당황한 표정이 역력했다. 엘리자베스는 갑자기 동생과 아버지에게 미안한 마음이 들었지만, 모든 것이 수포가 될까 봐 걱정되었다. 이번에는 다른 사람에게 노래를 청할 차례였다. 그때 콜린스가 나서며 말했다.

"제가 노래를 잘 불렀다면 아주 기쁜 마음으로 여러분에게 노래를 불러 드렸을 것입니다. 음악은 순수한 오락이어서 목사직에도 잘 어울린다고 생각합니다. 그렇다고 온종일 음악에만 시간을 할애하는 것은 바람직하지 않겠지요. 정말 신경을 써야 할 일들이 많으니까요. 교구를 담당하는 목사는 정말 할 일이 많습니다. 우선 자신에게 도움이 되면서 후원자들에게는 불쾌감을 주지 않을 정도로 십일조를 걷어야 하고요. 설교문도 작성해야 합니다. 그 후의 시간에는 교구의 여러 가지 일을 처리하거나 목사관을 점검하고 개선해서 최대한 쾌적한 환경을 만들기 위해 노력해야 하지요. 또한 모든 사람, 특히 자신을 선택한 특별한 분들께 더욱 마음을 쓰고 주의를 기울이는 것이 아주 중요하다고 생각합니다. 목사에게는 그렇게 해야 할 의무가 있거든요. 그 가족과 친척분들께 경의를 표하지 않는 무례한 사람을 좋아할 수는 없습니다."

콜린스는 거의 모든 사람이 다 들을 수 있을 정도로 크게 말하며 다아시에게 고개를 숙였다. 많은 사람이 그를 쳐다보거나 미소를 지었다. 그 가운데 베넷 씨가 가장 재미있어 했다. 베넷 부인은 콜린스의 말이 타당하다고 칭찬하며, 루카스 부인에게 보기 드물게 총명하고 훌륭한 청년이라고 속삭였다.

엘리자베스는 그날 저녁 자신의 가족들이 최선을 다해서 망신당할 행동만 하겠다고 약속했다고 해도, 이처럼 자신들의 역할을 훌륭하게 해내지는 못했을 것으로 생각했다. 다행스러운 점은 빙리와 제인이 이처럼 어리석은 상황을 제대로 보지 못했다는 것이었다. 일부 제대로 봤다고 하더라도 그로 말미암아 크게 기분이 상한 것 같지는 않았다. 하지만 빙리의 누이들과 다아시가 그녀의 가족과 친척을 비웃을 만한 기회를 얻은 것은 견디기 힘든 일이었다. 엘리자베스는 다아시의 말 없는 경멸과 빙리 자매의 비웃는 듯한 미소 가운데 어느 것이 더 견디기 힘든지 모르겠다고 생각했다.

그 이후에도 엘리자베스에게는 즐거운 사건이 벌어지지 않았다. 콜린스는 계속 곁에서 그녀를 괴롭혔다. 그는 그녀에게 춤을 청했지만 거절당했다. 그 후에도 그는 그녀가 다른 사람과 춤추지 못하도록 계속 방해했다. 엘리자베스는 콜린스에게 다른 사람과 춤추라고 부탁해 보고, 다른 아가씨를 소개해 주겠다고 말했지만 전혀 소용이 없었다. 그는 사실 자신은 춤에 관심이 없고, 그저 그녀에게 잘 보여서 좋은 인상을 심어 주는 것이 목적이므로 저녁 내내 그녀의 곁에 있을 거라고 말했다. 그러한 사람과 논쟁을 벌여 봤자 무모한 일이었다. 하지만 엘리자베스는 친구인 루카스 양의 도움으로 그나마 숨을 돌리게 되었다. 루카스 양은 가끔 그들 사이에 끼어 콜린스의 이야기 상대가 되어 주었다.

엘리자베스는 다아시가 더는 다가오지 않아서 다행이라고 생각했다. 다아시는 그녀 가까이에서 혼자 서 있었지만, 대화를 나눌 만큼 가까이 다가오지는 않았다. 엘리자베스는 자신이 위컴에 관한 이야기를 해서 그가 그렇게 행동한다고 생각하고는 약간 즐거워졌다.

다른 사람들이 다 나간 뒤 롱본의 가족들은 가장 늦게까지 그곳에 남아 있었다. 베넷 부인의 교묘한 계략으로 다른 사람들이 다 떠난 다음에도 15분 동안이나 마차를 기다려야 했다. 그로 말미암아 그 집 사람들이 얼마나 그들이 떠나 주기를 바랐는지 알 수 있었다. 허스트 부인과 그녀의 동생은 너무 피곤하다는 말만 내뱉으면서 자기들끼리만 있고 싶다는 뜻을 직접 드러냈다. 그들은 베넷 부인이 말을 걸려고 하면 완강히 거부했다. 콜린스는 빙리와 그의 누이들에게 무도회가 너무 멋졌고, 환대해 주어서 감사하다는 인사를 길게 늘어놓았다. 다아시는 아무 말도 하지 않았다. 베넷 씨 역시 묵묵하게 그 광경을 지켜보고 있었다. 빙리와 제인은 약간 떨어진 곳에서 단둘이 이야기하고 있었다. 엘리자베스도 허스트 부인이나 빙리 양처럼 입을 다물고 있었다. 리디아까지도 너구 지쳐서 크게 하품하며 말했다.

"아, 너무 피곤해."

마침내 작별의 시간이 다가오자, 베넷 부인은 가까운 시일 내에 롱본으로 왔으면 좋겠다고 말했다. 특히 그녀는 킹리를 향해서 언제라도 부담 없이 방문해서 함께 식사한다던 기쁠 거라고 말했다. 빙리는 베넷 부인에게 감사의 말을 전하며 내일 런던에 가서 잠시 머물러야 하지만 돌아오는 대로 시간을 내서 방문하겠다고 약속했다.

베넷 부인은 매우 만족스러워했다. 그녀는 결혼 준비를 위한 기간을 고려하더라도 서너 달 후에는 제인이 네더필드에 자리 잡게 될 거라고 확신하며 기쁜 마음으로 그곳을 떠났다. 또한 베넷 부인은 둘째 딸과 콜린스가 결혼하는 것에 대해서도 확신하고 있었다. 이 점에 대해서는 제인만큼은 아니지만 기쁘게 생각했다. 그녀는 딸들 가운데 엘리자베스를 가장 덜 귀여워했다. 따라서 엘리자베스에게는 콜린스가 딱 닿는다고 생각했다. 물론 빙리나 네더필드와 비교하면 많이 브족하다고 생각했다.

19

다음 날, 롱본에서는 새로운 일이 일어났다. 콜린스가 정식으로 청혼한 것이다. 그의 휴가가 다음 주 토요일까지여서 콜린스는 이 시기를 놓치지 말아야겠다고 결심했다. 그는 이 생각이 어떤 결과를 가지고 올지 추호도 생각하지 않았으므로 조금도 주저하지 않고 정식 절차를 밟아 나갔다. 아침 식사 후, 베넷 부인과 엘리자베스, 그리고 여동생이 같이 있는 걸 본 그는 부인에게 말을 건넸다.

"오전 중으로 아름다운 엘리자베스 양과 단둘이 이야기를 나누고 싶은데, 부인께서 허락해 주실 수 있으실는지요."

당황한 엘리자베스가 얼굴을 붉히며 어쩔 줄 몰라 하자, 베넷 부인이 나서서 말했다.

"그럼요. 물론 되지요! 리지도 분명 좋아할 거예요. 굳이 꺼릴 이유가 없거든요. 키티야, 넌 2층으로 올라가려무나."

베넷 부인이 뜨개질감을 가지고 자리를 뜨려 하자, 엘리자베스가 다급히 소리쳤다.

"엄마, 제발 가지 마세요. 콜린스 씨도 이해해 주실 거예요. 다른 사람이 들으면 곤란한 얘기를 저한테 하실 리가 없잖아요. 아니면 제가 나가겠어요."

"리지야, 그게 무슨 소리니? 너는 여기 그대로 있어야지."

엘리자베스가 난감한 표정으로 진짜 나가려고 하자, 베넷 부인은 덧붙여 말했다.

"리지야, 엄마 명령이야. 콜린스 씨 이야기를 들어주렴."

단호한 어머니의 말을 듣자, 엘리자베스도 더는 거역할 수 없었다. 그녀는 골치 아픈 이 문제를 되도록 조용하그 빨리 해결해야겠다는 생각이 들었다. 그녀는 다시 자리에 앉아 당황스럽고 우스운 자신의 마음을 감추기 위해 열심히 뜨개질하기 시작했다. 베넷 부인과 키티가 방을 나가자, 콜린스는 말을 시작했다.

"친애하는 엘리자베스 양, 이토록 겸손한 모습이 당신의 아름다움을 감추는 것이 아니라, 오히려 당신을 더욱 돋보이게 만드는군요. 만약 당신이 수줍음을 타지 않았다면, 저는 당신을 이렇게나 아름답게 여기지 못했을 겁니다. 저는 존경하는 당신 어머니의 허락을 받아 고백하고 있다는 것을 명심해 주십시오. 모르는 척하고 계시겠지만, 제 뜻을 곡해하지는 않으시리라 생각합니다. 지금 제 생각은 너무나 확고하기 때문에 오해의 여지가 있을 수 없으니까요. 저는 이곳에 들어서자마자 당신을 제 평생의 반려자로 선택했습니다. 머지않아 이 감정에 휩쓸리기 전에 제가 결혼을 선택한 이유를 알려드리는 것이 더 바람직하다고 생각합니다.”

엘리자베스는 사뭇 엄숙하게 이야기하는 콜린스가 감정에 휩쓸린다고 생각하자 웃음이 터져 나올 뻔했다. 그래서 그가 잠시 말을 멈추었을 때도 이야기를 그만하라는 시도조차 할 수 없었다. 그는 말을 이어 나갔다.

“제가 결혼하려는 첫 번째 이유는 안정적인 생활을 영위하는 목사라면 제가 맡은 곳에서 훌륭한 결혼 생활을 보여 주는 것이 마땅하다고 여기기 때문입니다. 두 번째 이유는 결혼이 더 큰 행복을 만들어 줄 것으로 확신하기 때문이지요. 마지막 이유는 먼저 말씀드려야 했을 테지만, 저를 아껴 주시는 캐서린 부인의 특별한 권유가 있었기 때문입니다. 부인은 이 문제에 대해 무려 두 번씩이나 당신의 의견을 말씀해 주셨지요. 제가 따로 여쭈어본 것도 아니었는데 말입니다. 헌스퍼드를 떠나기 전 토요일 밤, 저는 카드리유를 하고 있었습니다.

한 판이 끝나고 젠킨슨 부인이 드 버그 양의 발판을 놓아 주고 있을 때 부인이 제게 말씀하셨지요. '콜린스 씨는 곡 결혼해야 해요. 당신 같은 목사는 반드시 그래야만 하지요. 나를 위해서는 품위 있는 여성을, 그리고 콜린스 씨 자신을 위해서는 일 잘하고 유능한 여성을 골라야 할 거예요. 사치스럽게 소비하지 않고, 적은 수입으로도 알차게 살림을 꾸려 갈 수 있는 여성을 찾아 헌스퍼드로 데리고 와요. 그러면 만나러 갈게요.' 하고 말입니다. 이야기가 나왔으니 덧붙여 말씀드리자면, 캐서린 부인의 친절과 배려는 결혼 후 누릴 수 있는 장점 가운데 하나일 것입니다. 부인의 예절과 품위를 보면 당신 또한 감탄하게 될 겁니다. 그분께서도 당신의 명랑한 성격을 받아들이실 겁니다. 당신도 그렇게 지위가 높으신 분 앞에서는 자연스레 말수가 줄어들 것이고, 예의를 차리려 할 테니 말이지요. 이 정도면 제가 결혼하려는 이유를 충분히 설명해 드린 것 같군요. 이제 당신은 제 이웃 중에도 젊은 여성이 많은데, 굳이 롱본에서 신붓감을 찾으려 하는 이유가 궁금하실 것입니다. 그건 먼 훗날의 일이 될 수도 있겠지만, 당신의 아버지께서 세상을 떠나신 후에 제가 댁의 재산을 상속받게 되어 있어서 따님 중에서 아내를 선택해야만 했습니다. 그렇게 해야 불행한 일이 발생했을 때 닥칠 따님들의 상실감과 손해가 조금이라도 줄어들지 않을까 생각합니다. 이것이 제가 당신에게 청혼하는 이유입니다. 이런 말씀을 드려서 당신의 존경을 덜 받으리라고는 생각하지 않습니다. 이제는 당신에게 열렬한 마음을 기품 있는 언어로 보여 드릴 일만 남았군요. 저는 재산 따위에는 아무런 관심이 없으며, 당신의 아버지께 어떠한 요구도 하지 않을 것입니다. 그런 요구에 응할 여력이 없다는 사실을, 그리고 당신의 어머니께서 세상을 떠나셔야 받을 수 있는 연이율 4퍼센트의 공채 1천 파운드만이 당신의 권리라는 것을 너무나 잘 알고 있기 때문입니다. 그러니 앞으로 이 문제는 다시 언급하지 않겠습니다. 또한 우리가 결혼하고 나서도 이 문제에 대한 어떤 사항도 꺼내지 않을 것을 약속드립니다."

엘리자베스는 여기에서 그의 말을 반드시 중단시켜야 한다고 생각했다.

"콜린스 씨, 너무 성급하시네요." 하고 그녀는 큰 소리로 말했다. "제가 아직 아무 대답도 드리지 않았다는 걸 잊으신 모양이군요. 시간을 더 낭비하기 전에 말씀드릴게요. 저를 높이 평가해 주신 점은 감사합니다. 그리고 당신의 청혼을 받게 된 것이 얼마나 영광스러운 일인지도 잘 알고 있고요. 하지만 저는 거절할 수밖에 없습니다."

그러자 그는 예상했다는 듯이 손을 저으며 말했다.

"젊은 아가씨들은 처음에 남자에게 청혼을 받으면 속으로는 승낙하고 싶어도 일단 한 번은 거절하는 것이 일반적이라고 들었습니다. 심지어 두세 번까지 거절한다고도 하더군요. 따라서 저는 당신의 대답에 조금도 낙담하지 않았습니다. 머지않아 당신을 꼭 식장으로 모시고 갈 것입니다."

"한 번 더 말씀드려야겠군요." 하고 엘리자베스가 목소리를 높이며 말했다. "제가 분명히 말씀드렸는데도 계속 희망을 품으시다니 참 이상한 분이군요. 단언컨대 저는 재차 청혼을 받는다고 해서 행복을 느끼는 여성이 아닙니다. 저는 지금 진지하게 거절하고 있어요. 당신과 결혼하면 제가 행복할 수 없다는 걸 잘 아니까요. 또한 저 역시 당신을 행복하게 허 줄 여성이라고 생각하지 않습니다. 그리고 이 사실을 캐서린 부인께서 아신다면 여러 모로 봐도 그 자리엔 제가 적당하지 않다고 여기실 거예요."

콜린스는 그녀의 말에 진지한 표정으로 말했다.

"설령 캐서린 부인께서 그렇게 생각하신다고 해도……. 그렇지만 부인이 당신을 적당하지 않게 여기실 거라고는 상상이 되지 않습니다. 제가 다음에 부인을 뵙는다면 당신의 겸손함과 검소함, 그리고 여러 장점에 대해 충분히 말씀드릴 테니 그 점은 걱정하지 않으셔도 됩니다."

"콜린스 씨, 그렇게 저를 칭찬해 주지 않으셔도 돼요. 저에 대해서는 제가 알아서 판단하도록 해 주셨으면 좋겠군요. 그리고 저를 존중해 주시려면 제발 제 말을 믿어 주세요. 저는 콜린스 씨가 더없이 행복하고 풍족하게 사시기를 바라고 있어요. 그래서 이렇게 청혼을 거절하고 있고요. 저한테 청혼한 것 때문에 우리 가족에게 미안한 마음을 느끼실 필요도 없어요. 훗날 롱본의 재산이 당신에게 상속되더라도 부담스러워하지 마세요. 그러니 이 문제는 끝났다고 봐도 되겠네요."

말을 끝낸 엘리자베스가 서둘러 방에서 나가려 하자, 콜린스는 다시 말을 시작했다.

"제가 다시 한번 당신께 청혼할 기회가 주어진다면, 지금보다는 조금 더 호의적인 대답을 들었으면 좋겠습니다. 당신의 말이 매몰차다고 여기지는 않겠습니다. 처음 청혼을 받을 때 거절하는 것이 여성들의 오랜 관습이라는 것을 잊지 않고 있으니까요. 이번 경우만 하더라도 당신은 섬세한 마음을 보이면서 제 청혼을 격려해 주셨다고 볼 수 있겠지요."

엘리자베스가 다소 흥분된 어조로 외쳤다.

"콜린스 씨! 정말 저를 난감하게 하시는군요. 좀 전에 제가 말씀드린 것이 격려로 들리셨다면, 도대체 제가 어떻게 말씀

을 드려야 거절의 뜻을 제대로 이해하실 수 있을까요.'

"당신이 이번 청혼을 거절하신 것은 단지 미래를 위한 절차라고 생각하게 해 주십시오. 그렇게 생각하는 이유를 간단히 말씀드리겠습니다. 제 청혼을 당신이 받아들이지 못할 뚜렷한 이유가 있다고 여기지 않습니다. 즉, 제 수입과 지위가 당신을 충분히 만족하게 할 거라는 사실은 너무나 분명합니다. 제 지위나 드 버그 집안과의 관계, 또 우리가 인척이라는 사실은 제게 아주 유리한 것이지요. 그리고 당신은 여전히 다양한 매력을 지니고 있지만, 오늘 같은 청혼을 다시는 받지 못할 수도 있다는 사실을 생각하셔야지요. 더구나 당신이 상속받을 재산은 불행히도 극히 적다는 것도 아셔야 합니다. 그래서 저는 당신의 거절이 진심이 아니라고 생각합니다. 다시 말씀드리자면, 품위 있는 여성들이 곧잘 쓰는 방법처럼 제 애정 공세에 잠시 제동을 걸어 저의 사랑을 더욱더 절실하게 만들기 위해서 청혼을 거절하신 것으로 생각하겠습니다."

"아니에요, 콜린스 씨. 저는 그런 식으로 마음을 흔드는 것 따위는 하지 않아요. 그보다는 제가 지금 진심을 말하고 있다고 여겨 주시는 것이 좋을 것 같네요. 청혼해 주신 것은 거듭 감사드리지만, 저는 절대로 받아들일 수 없어요. 아무리 생각해 봐도 제 마음이 허락하지 않으니까요. 솔직하게 말씀드릴

게요. 지금부터는 저를 당신을 심란하게 하는 여성이 아닌, 진심을 말하는 이성적인 인간으로 봐 주셨으면 좋겠어요.”

콜린스는 짐짓 괜찮은 척했지만, 어색하게 말했다.

“당신은 어떤 말씀을 해도 한결같이 매력적이시군요. 하지만 당신의 훌륭하신 부모님의 허락만 얻는다면, 당신도 제 청혼을 받아들이실 거라 믿습니다.”

엘리자베스는 그의 터무니없는 고집 때문에 더는 대화하고 싶지 않았다. 그래서 그녀는 아무 대꾸도 하지 않고 자리를 빠져나왔다. 그리고 그녀는 수차례 거절을 반복했는데도 그가 이것을 여전히 호의나 격려 따위로 생각한다면 아버지에게 이 문제를 부탁해야겠다고 마음먹었다. 아버지가 단호하게 거절한다면, 콜린스는 그것을 적어도 고상한 아가씨의 가식적인 행동으로 오해하지는 않을 테니 말이다.

20

콜린스가 자신이 이룬 사랑에 대해서 이러저러한 상념에 잠길 시간은 많지 않았다. 이야기의 결과를 기다리며 거실 입구에서 서성이던 베넷 부인이 거실에 들어왔기 때문이다. 그녀는 엘리자베스가 문을 열고 빠른 걸음으로 자기 앞을 지나 계단으로 가는 것을 보자마자 거실로 들어갔다. 그러고는 그와 자신의 사이가 더 가까워지겠다며 축하의 말을 건넸다. 콜린스는 기뻐하며 부인에게도 축하 인사를 전했다. 그런 후 그는 부인에게 엘리자베스와 나눈 이야기를 상세하게 전했다. 그는 나름 괜찮은 성과를 얻은 것으로 본다며, 엘리자베스가 계속 청혼을 거절한 것은 그녀의 수줍은 성격과 섬서함에서 나온 것이라고 여겼다.

하지만 이 말을 들은 베넷 부인은 매우 놀랐다. 그의 말마

따나 엘리자베스가 청혼을 거절한 이유가 콜린스의 애정을 더욱 키우기 위해서였다면 좋았겠지만, 그게 아니라는 것이 분명했기 때문이다. 그래서 베넷 부인은 이렇게 말해야만 했다.

"콜린스 씨, 걱정하지 마세요. 제가 리지한테 잘 말해 볼게요. 그 애는 원체 고집이 세고 조금 어리석은 면도 있어서 자기에게 무엇이 이득인지 잘 모르거든요. 제가 알아듣도록 얘기해 보겠어요."

"부인, 말씀 중에 죄송합니다만, 만일 따님이 정말 고집이 세고 어리석다면 행복한 결혼을 원하는 저에게 어울리는 아내가 될 수 있을까요? 그러니까 따님이 계속 제 청혼을 거절한다면 억지로 강요할 필요는 없겠지요. 그런 성격상의 결함은 저를 행복하게 만들기보다 오히려 악영향을 미칠 수도 있으니까요."

그러자 베넷 부인이 당황해하며 말했다.

"그건 콜린스 씨가 오해한 거예요. 리지는 이런 문제에만 고집불통이라는 말이었답니다. 다른 일에서는 얼마나 온화하고 상냥한 아이인데요. 지금 당장 남편과 상의해서 리지와 이 문제를 해결하도록 하겠어요."

베넷 부인은 그에게 대답할 틈조차 주지 않고, 바로 남편이 있는 서재로 달려가 큰 소리로 외쳤다.

"여보, 잠깐만요. 큰일이 생겼어요. 당신의 도움이 필요해요. 어서 리지한테 가서 콜린스 씨와 결혼하도록 타이르세요. 아니 글쎄, 그 애가 청혼을 거절했다지 뭐예요. 당장 서두르지 않으면 콜린스 씨 생각이 언제 바뀔지 몰라요."

책을 읽고 있던 베넷 씨는 고개를 들어 부인의 얼굴을 빤히 쳐다보았다. 잠시 후 그는 무심한 표정으로 입을 열었다.

"당신의 말이 무슨 의미인지 이해가 가지 않는군. 뭐가 문제라는 거지?"

"콜린스 씨와 리지 문제 말이에요. 콜린스 씨가 리지에게 청혼했는데 리지가 그걸 거절했어요. 그러니까 콜린스 씨도 리지와 결혼할 수 없다고 그랬다니까요."

"대체 나보고 어떻게 하라는 거요? 내가 보기엔 희망이 없어 보이는데."

"그러니까 당신이 리지한테 직접 말씀하셔야지요. 무슨 일이 있어도 그 사람과 결혼해야 한다고요."

"리지한테 이리 오라고 해 줘요. 그럼 내 생각을 말할 테니."

베넷 부인은 벨을 눌러 하인을 부른 후 엘리자베스를 서재로 오도록 했다. 엘리자베스가 나타나자 베넷 씨가 말했다.

"어서 오려무나. 중요한 이야기를 해야겠구나. 콜린스 씨가 네게 청혼했다는 것이 사실이냐?"

엘리자베스는 그렇다고 대답했다.

"좋다. 그런데 넌 청혼을 거절했고?"

"네, 맞아요."

"음, 이제 진짜 중요한 이야기를 해야겠구나. 네 엄마는 무조건 네가 이 청혼을 받아들여야 한다고 말하는구나. 여보, 내 말이 맞소?"

"당연하지요. 내 말을 안 들으면 두 번 다시 저 아이의 얼굴도 보지 않을 거예요."

"리지야, 너는 참 불행한 선택의 갈림길에 놓였구나. 오늘 이후로 너를 낳아 준 부모 중 한 사람과 인연을 끊어야 할지도 모르니 말이다. 네가 콜린스 씨와 결혼하지 않는다면 네 엄마는 두 번 다시 널 보지 않을 것이고, 네가 그 사람과 결혼한다면 내가 널 보지 않을 테니 말이다."

엘리자베스는 살며시 미소를 지었다. 하지만 베넷 부인은 이 문제에 대해 남편이 자기와 생각이 완전히 다르다는 걸 깨닫고는 크게 실망했다.

"여보, 그렇게 말씀하시면 어떡하나요? 콜린스 씨와 결혼해야 한다는 쪽으로 얘기하기로 하셨잖아요."

"당신에게 부탁하고 싶은 것이 두 가지 있소. 첫째는 내가 자유롭게 사고하도록 도와달라는 것이고, 둘째는 이곳도 내 의지대로 쓰도록 해 주었으면 한다는 것이지. 가능하면 빨리 서재에서 나가 주면 고맙겠소."

베넷 부인은 남편에게 서운함을 느꼈지만, 아직 이 일 자체를 단념하지는 않았다. 부인은 엘리자베스를 달래기도 하고 윽박지르기도 하면서 계속 그녀를 설득하려고 했다. 급기야는 제인을 자기편으로 끌어들이기 위해 애썼다. 하지만 제인은 이 문제에 관여하고 싶어 하지 않았다. 엘리자베스는 때로는 진지하게, 때로는 쾌활하게 어머니의 공세를 막아 냈다. 그녀가 말하는 태도는 조금씩 바뀌기도 했지만, 결심은 절대 흔들리지 않았다.

콜린스는 혼자 지금 벌어진 일에 관해 생각하고 있었다. 그는 자신을 과대평가하고 있었기 때문에 대체 어떤 이유로 엘리자베스가 자신의 청혼을 거절했는지 이해할 수 없었다. 그래서 자존심이 상하기는 했지만, 그렇다고 크게 괴로운 것도 아니었다. 엘리자베스에 대한 그의 호감은 사실 상상에 가까웠다. 게다가 그녀가 자기 어머니에게 꾸지람을 듣고 있다고 생각하니 그럴 만하다고 여겨져서 안타까운 마음조차 들지 않은 것이다.

이렇듯 베넷 집안이 혼란스러울 때 샬럿 루카스가 찾아왔다. 현관에서 샬럿과 마주친 리디아는 냉큼 그녀에게 달려가 속삭이듯이 말했다.

"마침 잘 오셨어요. 지금 집 안에서 아주 흥미진진한 일이 벌어지고 있거든요. 글쎄, 오늘 아침에 어떤 일이 일어났는지 아세요? 콜린스 씨가 리지 언니에게 청혼했다가 퇴짜를 맞았어요."

샬럿이 채 대꾸하기 전에 이번에는 키티가 같은 말을 하기 위해 끼어들었다. 샬럿이 응접실로 들어가자, 이번에는 혼자 있던 베넷 부인이 동정을 구하며 같은 이야기를 했다. 베넷 부인은 그녀에게 리지가 가족 모두의 바람에 응하도록 친구로서 설득해 달라고 부탁했다.

"샬럿, 잘 부탁하마." 그녀는 우울한 말투로 덧붙였다. "지금 집에서는 아무도 내 편을 들어주는 사람이 없어. 아무도 내 예민하고 연약한 신경을 생각해 주지 않는다고."

샬럿이 막 대답하려는 순간, 제인과 엘리자베스가 들어왔다.

"마침 저기 오는구나. 아무 일도 없었던 것처럼 걸어 다니는 것 좀 봐. 우리가 어떻게 되더라도 상관할 바가 없다는 식이야. 하지만 리지야, 내 말 좀 들어 봐라. 네가 이렇게 청혼을 거절하다간 결국 늙을 때까지 아무 데도 시집가지 못할 수도 있단다. 아버지께서 돌아가시기라도 하면 누가 너를 먹여 살리겠니? 나는 너를 부양할 능력이 없으니 똑똑히 알고 있으렴. 오늘부터 너와의 인연을 끊을 거다. 아까 서재에서 말했듯이 나는 너와 두 번 다시 이야기도 하지 않을 거야. 부모 말을 듣지 않는 아이하고는 상대하고 싶지 않으니 알아서 해라. 그렇다고 내가 남들과 이야기하는 것을 좋아하는 건 아니지만. 하긴 나처럼 신경이 예민한 사람과 이야기하는 걸 누가 좋아하겠니? 내가 얼마나 고생하는지 정말 아무도 모를 거다. 이렇게 불평이라도 하지 않으면 아무도 알아주지 않으니까.”

딸들은 어머니의 한탄을 잠자코 듣기만 했다. 어머니를 설득하거나 달래려고 하는 것이 오히려 그녀를 화나게 한다는 것을 익히 알고 있기 때문이다. 이 때문에 베넷 부인은 누구의 방해도 받지 않고 계속 한탄할 수 있었다. 그때 콜린스가 다른 때보다 엄숙한 표정을 지으며 들어왔다. 그를 본 베넷 부인은 딸들에게 말했다.

“이제 너희들은 조용히 하고 있어라. 콜린스 씨와 단둘이 잠깐 얘기해야겠다.”

엘리자베스가 조심스럽게 방을 나오자, 제인과 키티도 뒤를 따라 방을 나왔다. 하지만 리디아는 어머니가 무슨 이야기를 하는지 엿들어 볼 요량으로 그곳을 떠나지 않았다. 샬럿은 콜린스가 정중하게 안부를 물어서 잠시 붙잡혀 있다가 나중에는 호기심 때문에 창가로 가 신경 쓰지 않는 척하며 이야기에 귀를 기울였다.

베넷 부인은 근심 가득한 목소리로 말했다.

"저기, 콜린스 씨."

하지만 콜린스는 불편한 심정을 감추지 않고 그녀의 말을 가로막았다.

"부인, 이 문제에 관해서는 더는 얘기하고 싶지 않습니다. 제가 따님의 행동 때문에 불쾌해진 것은 아닙니다. 피할 수 없는 재앙이라면 단념하는 것이 우리의 의무지요. 특히 저처럼 운이 좋아 일찍 목사가 된 사람이라면 더욱 그래야 할 겁니다. 저는 청혼에 대한 생각을 완전히 접었습니다. 설령 엘리자베스 양이 이제 와서 제 청혼을 받아들인다고 해도 이제는 제가 우리의 행복을 의심할 수밖에 없게 되었습니다. 거절당한 행복이 별것 아닌 것으로 느껴질 때, 비로소 포기가 빛을 발하는 걸 더러 느낀 적이 있기 때문입니다. 제가 부인이나 가족분들을 소홀히 생각해서 청혼을 취소했다고는 생각하지 말아 주세요. 저는 따님에게 거절당한 것뿐이니까요. 물론 제 행동이 못마땅했을 수도 있습니다. 하지만 인간이란 늘 실수를 범하는 존재인 만큼, 제 목적은 가족 모두의 이익을 고려하며 배우자를 구하려 했다는 것이었음을 헤아려 주시기 바랍니다. 하지만 혹여나 제 행동에서 비난받을 점이 있었다면 이 자리를 빌려 사과의 말씀을 전합니다."

21

　콜린스의 청혼에 대한 논의는 사실상 끝났다. 이제 엘리자베스는 이러한 일에 따르기 마련인 불편하고 찜찜한 감정과 어머니의 불평만 견디면 되었다. 문제의 장본인인 콜린스는 당황하거나 낙담하지 않고, 그렇다고 그녀를 피하려고 하지도 않았다. 다만 그는 딱딱한 태도나 일관된 침묵으로 자신의 감정을 드러냈다. 그는 이제 엘리자베스에게 말을 거의 건네지 않았으며, 오히려 온종일 루카스 양에게 관심과 친절을 쏟았다. 루카스 양은 다행히 되도록 그의 이야기를 들어주려고 했다. 그녀의 이러한 행동은 엘리자베스를 비롯한 모두에게 크나큰 도움이 되었다.

　다음 날에도 베넷 부인은 여전히 기분이 언짢고 건강 상태가 좋지 않았다. 콜린스의 태도도 어제와 같았다. 엘리자베스는 어제의 일로 콜린스가 머무는 기간이 줄어들기를 내심 바랐지만, 그의 계획은 바뀌지 않은 듯했다. 원래 그는 토요일에 떠날 예정이었기 때문에 아무런 변화 없이 토요일까지 머무를 생각이었다.

아침 식사 후, 베넷 집안의 딸들은 메리턴으로 향했다. 위컴이 돌아왔는지 확인하고, 그가 네더필드에서 열린 무도회에 참석하지 않아 못내 섭섭했다는 이야기도 하기 위해서였다. 그녀들은 시내로 들어서려는 찰나에 위컴과 마주쳤다. 그는 그녀들을 이모 집까지 데려다주었다. 그들은 이모 집에서 속상하고 아쉬웠던 점에 관해서 실컷 이야기했다. 하지만 그는 엘리자베스에게는 무도회를 피하려고 일부러 그렇게 했다고 말했다.

"다아시 씨를 다시 만나지 않는 것이 좋겠다고 생각했어요. 같은 장소에서 그와 오랜 시간을 같이 있어야 한다는 것은 저로서는 견디기 힘든 일이니까요. 그 장면은 저뿐만 아니라 다른 사람들까지 불편하게 했을 겁니다."

엘리자베스는 그에게 아주 잘 참았다고 칭찬의 말을 건넸다. 롱본으로 돌아갈 때는 위컴과 다른 장교 한 명이 동행했다. 위컴은 줄곧 그녀 곁에서 그녀와 오랫동안 이야기를 나눌 수 있었다. 그들은 서로 정중하게 칭찬해 주는 여유도 누릴 수 있었다. 위컴과 함께 집에 간 것은 일거양득이었다. 엘리자베스는 자신을 향한 그의 호의를 느낄 수 있었고, 또 부모님에게 자연스럽게 그를 소개할 기회를 얻었기 때문이다.

그들이 집에 도착한 지 얼마 되지 않아 제인 앞으로 편지 한 통이 배달되었다. 네더필드에서 온 것이었다. 봉투 안에는 우아하게 광택이 나는 편지지가 들어 있었다. 편지지에는 숙녀 특유의 아름다운 필체가 빼곡하게 적혀 있었다. 엘리자베스는 언니가 편지를 읽으며 안색이 변하는 것을 알아챘다. 또한 그녀는 언니가 어떤 구절에 오랫동안 시선이 머무르는 것도 보았다. 하지만 곧 정신을 차린 제인은 평상시와 다름없이 쾌활하게 사람들과 대화하려고 노력했다. 하지만 엘리자베스는 그러한 언니의 모습이 마음에 걸려 위컴에게조차 관심을 기울이지 못했다.

위컴과 그의 동료가 떠난 뒤, 제인은 눈짓으로 엘리자베스를 2층 방으로 불렀다. 그녀는 방에 들어가 문을 닫은 후 편지를 꺼내며 말했다.

"이 편지는 캐롤라인 빙리가 보낸 거야. 편지를 읽고 너무 놀랐어. 아마 지금쯤은 모두 네더필드를 떠나 런던으로 가고 있을 거야. 그런데 그들은 네더필드로 돌아올 마음이 없는 것 같아. 내가 편지를 읽어 줄게. 잘 들어 봐."

편지에는 그들이 곧 오빠를 따라 런던으로 갈 것이며, 오늘은 허스트 씨의 집이 있는 그로스브너 가에서 식사할 거라는 내용이 적혀 있었다. 그다음 내용은 다음과 같았다.

저는 소중한 당신과 친분을 쌓은 일을 제외하고는 하트퍼드셔를 떠난다는 것에 조금도 후회가 없어요. 하지만 언젠가는 우리가 다시 만나 즐겁게 이야기할 수 있기를 바랍니다. 그날이 돌아올 때까지는 서로 편지로 마음을 털어놓는다면 이별의 아픔을 어느 정도 줄일 수 있겠지요. 당신도 꼭 그렇게 해 주시리라 믿어요.

엘리자베스는 비교적 무덤덤한 표정으로 편지 내용을 들었다. 그들이 갑자기 떠나게 된 것은 놀라운 일이지만, 그렇다고 슬퍼할 일도 아니라고 생각한 것이다. 그들이 네더필드를 떠났다고 해도 빙리를 다시는 보지 못한다는 생각은 들지 않았다. 설령 그들과 자주 만나지 못한다고 하더라도 빙리와 교제를 이어 간다면, 제인은 그것을 마음에 담지 않을 것이 분명했다.

"그들이 떠나기 전에 언니가 그들을 만나지 못한 건 안타까워. 그렇지만 빙리 양이 바라는 훗날의 행복이 그녀의 생각보다 빨리 이루어지길, 친구로 교제하다가 시누이와 올케의 관계로 발전하기를 바라는 건 무리일까? 그들 때문에 빙리 씨까지 런던에 있어야 하는 건 아니잖아."

"하지만 이번 겨울엔 누구도 하트퍼드셔로 돌아오지 않을 거라고 편지에 적혀 있어. 읽어 줄게."

어제 떠날 때 오빠는 런던에서의 일이 사나흘이면 끝날 거라고 말했지만, 우리는 절대 그럴 수가 없다는 것을 잘 알고 있어요. 그리고 오빠가 서둘러 돌아와야 할 이유도 없다는 걸 알기 때문에 그가 텅 빈 호텔 방에서 외롭게 시간을 보내지 않도록 모두가 함께 가기로 했어요. 제가 아는 많은 사람이 겨울을 보내기 위해 벌써 그곳으로 가고 있거든요. 제 친한 친구인 당신도 이쪽으로 와서 함께 어울리고 싶다는 소식을 전해 주면 무척 기쁘겠지만, 그럴 가능성은 조금도 없겠지요. 하트퍼드셔의 크리스마스가 여느 때처럼 행복으로 충만하기를, 그리고 당신에게 호의적인 사람이 많이 나타나서 외로움을 느끼지 않기를 바랄게요. 우리 세 사람 없이도 말이에요.

"이 내용을 보면 빙리 씨가 적어도 이번 겨울에는 오지 않을 게 분명해."

제인의 말에 엘리자베스가 반박했다.

"여기서 알 수 있는 건 빙리 양이 자기 오빠가 돌아가면 안 된다고 말하는 것뿐이네."

"어째서 그렇게 생각하는 거니? 이건 분명 그분 자신이 결심한 일일 거야. 자기 일은 자기가 결정하는 분이니까. 그리고 지금까지의 내용이 다가 아니야. 특히 내 마음을 아프게 하는 부분을 읽어 줄게. 너한테는 감추고 싶지 않으니까."

다아시 씨는 동생을 무척 보고 싶어 한답니다. 그리고 사실대로 말하자면, 우리도 다아시 씨 못지않게 그녀를 만나고 싶어요. 아름답고 우아하며 재능을 두루 갖춘 다아시 양에 비견할 만한 여성은 드물 거예요. 그녀가 루이자와 제게 애정을 보이는 것은 아마도 머지않아 그녀가 우리의 올케가 될 가능성이 높기 때문이기도 하지요. 제가 이 문제에 대한 감정을 말씀드린 적이 있는지는 잘 모르겠지만, 떠나게 되었으니 솔직히 얘기할게요. 당신도 이 생각을 어느 정도는 존중해 주리라 믿어요. 오빠는 그녀를 무척 아끼고 있으며, 앞으로 집안끼리 만날 기회도 종종 있을 거예요. 그녀의 집안에서도 우리와 마찬가지로 두 사람이 결혼하길 바라고 있어요. 사실 제가 동생이라 그런 것은 아니지만, 오빠는 어떠한 여성이라도 반할 만큼 매력적이에요. 이렇게

나 모든 조건이 너무나 좋고 거리낄 것이 없는데, 많은 사람이 행복해질 경사를 기다리는 것이 어찌 저만의 잘못이겠어요?

제인은 편지를 다 읽고 나서 말했다.

"리지야, 이 부분은 어떻게 생각해? 이만하면 아주 명확한 거 아니니? 캐롤라인은 내가 올케가 되기를 바라지도 않고, 기대하지도 않는다는 것을 분명히 전달한 것 아니야? 그리고 자기 오빠도 나에게 특별한 관심이 없다고 믿고 있으니 내가 혹시라도 호감을 느끼고 있다면 그 감정을 정리하라고 주의를 주는 거 아니겠어? 너무도 친절하게 말이지. 이걸 달리 해석할 수 있을까?"

"내 생각은 언니와 전혀 달라. 말해도 될까?"

"그럼, 물론이지."

"간단히 말할게. 빙리 양은 자기 오빠가 언니를 사랑하는 걸 알면서도 다아시 양과 맺어지기를 바라는 거야. 그래서 오빠를 런던에 머물게 하려고 뒤따라간 거지. 빙리 양은 자기 오빠가 언니에게 호감을 느끼지 않는다고 언니를 설득하고 싶은 거야."

제인은 고개를 가로젓기만 했다.

"언니, 정말이야. 내 말을 믿어 봐. 언니하고 빙리 씨가 함께 있는 걸 본 사람이라면 누구도 그분의 애정을 의심할 수 없어. 빙리 양도 함부로 부정하지는 못할걸. 그녀도 그렇게 어리석진 않으니까. 만일 그녀가 다아시 씨한테 그 사랑의 반만큼이라도 애정을 받았다면 당장 웨딩드레스부터 주문했을 거야. 물론 우리는 그런 사람들과 교류할 만큼 부자도 아니고, 신분이 높은 것도 아니야. 그러니 자기 오빠가 다아시 양과 결혼하기를 바라는 거겠지. 게다가 두 집안이 일단 맺어지면 또 한 번 결혼을 치르는 건 훨씬 쉬워질 것으로 생각한 거야. 제법 영리한 생각이지. 드 버그 양만 방해하지 않는다면 가능할 수도 있으니까. 하지만 언니, 빙리 양이 자기 오빠가 다아시 양을 굉장히 아낀다고 말한다 해서 그분이 저번 화요일에 언니와 헤어졌을 때보다 언니에 대한 감정이 무뎌졌다고 보긴 어려워. 또 언니보다 다아시 양을 더욱 사랑하고 있다고 설득할 능력이 빙리 양에게 있다고 생각하지도 않아.”

“만일 너와 내가 빙리 양에 대해 같은 생각을 하고 있다면 말이야.” 하고 제인이 말했다. “네 이야기를 들으며 조금이나마 마음이 편해질 수도 있겠지. 하지만 네 말이 모두 옳지는 않아. 무엇보다 캐롤라인은 그렇게 계획적으로 누구를 속일 사람은 아니야. 그러니까 지금 내가 바라는 건 그녀가 오해하고 있다는 정도겠구나.”

"맞아. 그렇게 생각할 수도 있겠네. 내 말로는 위로가 안 될 테니. 그녀가 단단히 오해하고 있다고 믿었으면 좋겠어. 이젠 그녀를 다시 떠올릴 이유도 없으니 속상한 일도 없을 거야."

"리지야, 좋게 생각해 보려 해도 말이야. 빙리 씨의 동생들과 친구들 모두 그분이 나 말고 다른 사람과 결혼하기를 바라는데, 내가 그분과 결혼해서 과연 행복해질 수 있을까?"

"그건 언니가 결정해야 할 문제야. 그분의 여동생들과 부딪혀서 생기는 불행이 그분의 아내가 되어 누리는 행복보다 크다고 판단한다면, 난 무조건 거절하라고 얘기할 거야."

제인은 옅은 미소를 지으며 말했다.

"넌 어떻게 그렇게까지 얘기하니? 여동생들이 반대한다는 건 무척 괴로운 일이겠지만, 그렇다고 내가 주눅이 들 이유도 없잖아."

"나도 언니가 그럴 것으로 생각했어. 그래서 언니를 동정할 일도 없겠지."

"하지만 빙리 씨가 이번 겨울에 끝내 돌아오지 않는다면 내가 지금 한 얘기도 아무 소용이 없겠지. 6개월은 별의별 일이 다 일어날 수 있을 만큼 긴 시간이니 말이야."

엘리자베스는 빙리가 돌아오지 않을 것이라는 말을 심각하게 여기지 않았다. 그것은 단지 캐롤라인이 자기 멋대로 그린 소설 같은 이야기라고밖에 생각되지 않았다. 그리고 그런 희망이 공공연하게 표현되고 교묘하게 위장된다 하더라도 그것이 스스로 판단할 수 있는 청년에게 어떤 영향을 줄 수 있다고는 꿈에도 생각하지 않았다.

엘리자베스는 자기의 생각을 최대한 강한 어조로 언니에게 설명했다. 그리고 그 효과가 언니에게 금방 나타나는 것을 보고는 크게 기뻐했다. 제인은 침울한 감정에서 나와 점차 희망을 품게 되었다. 물론 약간의 불안감이 남아 있긴 했지만, 머지않아 빙리가 네더필드로 돌아와 자기의 마음을 알아주리라고 기대하게 되었다.

다만 두 사람은 어머니에게는 빙리 일가가 런던으로 떠났다는 말만 하기로 했다. 모든 일을 이야기해서 굳이 문제를 키울 생각은 없었던 것이다. 하지만 단지 이런 소식을 전했을 뿐인데도 베넷 부인은 크게 걱정했다. 이제야 두 집안이 조금씩 가까워진다고 생각했는데 그들이 한순간에 떠나가 버리니 이처럼 유감스러운 일이 어디 있겠냐며 한탄하기도 했다. 하지만 베넷 부인은 오래 슬퍼하지 않았다. 그녀는 빙리가 곧 돌아와 롱본에서 함께 식사할 수 있을 것이라고 생각하면서 자신을 위로했다. 그리고 베넷 부인은 그를 가족 식사에 초대하면서 요리만큼은 두 코스를 풍성하게 준비할 것이라고 선언했다.

베넷 집안은 루카스 집안과 같이 식사하기로 약속되어 있었다. 그날도 친절한 루카스 양은 콜린스의 이야기를 들으며 대부분 시간을 보냈다. 엘리자베스는 기회를 보아 그녀에게 고마운 마음을 전달했다.

"네 덕분에 콜린스 씨 기분이 좋아진 모양이야. 정말 너무 고마워."

샬럿은 그저 시간을 보내기 위해 이야기를 들어 준 것뿐인데 도움이 되어 기쁘다고 더없이 상냥하게 말했다. 하지만 샬럿이 이토록 콜린스에게 친절을 베푼 목적은 엘리자베스가 생각하지도 못했던 전혀 다른 곳에 있었다. 그녀는 콜린스가 엘리자베스가 아닌 자신에게 청혼하도록 은근슬쩍 유도하고 있었다. 이것이 그녀의 계획이었다. 이 계획은 겉으로 보기에는 그런대로 잘 이루어지는 것 같았다. 그날 저녁 그들이 헤어질 때 콜린스가 서둘러 하트퍼드셔를 떠나지 않았다면 샬럿은 목적 달성에 성공했다고 느꼈을 것이다. 하지만 그녀는 콜린스의 굳은 의지를 과소평가한 것 같았다. 콜린스는 다음 날 아침 루카스 씨 집으로 서둘러 찾아와 샬럿에게 먼저 청혼했다. 그는 롱본의 집을 나오면서 누구의 눈에도 띄지 않으려고 조심했다. 롱본의 자매들이 봤다면 상황을 눈치챌 것이 뻔했다. 하지만 그는 청혼이 성공하기 전에는 알려지기를 원하지 않았다. 샬럿이 자신에게 상당히 관심을 보여서 성공에는 큰 문제가 없을 것으로 여겼지만, 지난 수요일 사건 이후 자신감을 잃은 부분도 있었기 때문에 더욱 조심스럽게 행동한 것이다. 하지만 그는 그곳에서 더없는 환대를 받았다. 샬럿은 2층 창문을 통해 그가 자기 집으로 오는 것을 발견하고는 우연히 마주친 것처럼 가장하기 위해 얼른 바깥으로 나왔다. 그러면서도 그녀는 그곳에서 엄청난 구애의 말을 듣게 되리라고는 짐작조차 할 수 없었다.

콜린스의 길고 긴 이야기가 끝나자, 두 사람은 모두 만족할 만한 결론에 이르렀다. 그는 집 안에 들어서자마자 더욱 열정적인 어조로 자신을 세상에서 가장 행복한 남자로 만들어 줄 날짜를 정해 달라며 간청하기까지 했다. 샬럿은 너무 일이 빠르게 진행되는 게 아닌지 걱정했지만, 그렇다고 상대방의 기분을 무시할 생각은 전혀 없었다. 우둔하기까지 했던 콜린스의 청혼은 전혀 매력적이지 않았지만, 그렇다고 해서 샬럿이 딱히 거절할 만한 이유가 있는 것도 아니었다. 루카스 양은 순전히 그의 지위와 재산을 보고 결혼을 승낙했다. 그래서 시기가 빨라도 크게 문제될 것은 없었다.

청혼 사실을 알게 된 윌리엄 경과 루카스 부인은 흔쾌히 이를 받아들였다. 물려받을 재산이 거의 없는 딸에게는 콜린스의 조건이 꽤 훌륭하다고 할 수 있었고, 게다가 앞으로 부유해질 가능성이 크다고 생각했기 때문이다. 루카스 부인은 지금까지 생각해 보지 않았던, 이를테면 베넷 씨가 앞으로 얼마나 더 살 수 있을지를 진지하게 계산하기 시작했다. 윌리엄 경은 콜린스가 롱본의 재산을 물려받게 된다면, 그들 부부가 세인트 제임스 궁전으로 가서 국왕을 뵙는 것이 좋겠다고 말했다. 요컨대 집안이 모두 기뻐한 것은 당연했다. 그녀의 여동생들은 자신들이 사교계로 진출할 날이 한두 해 빨라질 거라는 희망을 품었다. 그리고 남동생들은 누나가 시집가지 못할 것이라는 걱정에서 벗어날 수 있었다. 반면 당사자인 샬럿은 상대적으로 침착했다. 이미 목적은 달성했기 때문에 이 문제에 대해 찬찬히 되짚어 볼 여유가 생긴 것이다. 물론 결과는 대부분 만족스러웠다. 사실 그녀에게 콜린스는 현명하지도 않고 같이 있을 때 행복한 사람도 아니었다. 그와 같이 있으면 금방 지겨워졌고, 그녀에 대한 그의 애정도 사실 제멋대로 만들어 낸 것임이 틀림없었다. 그런데도 그는 그녀의 남편이 될 사람이었다. 샬럿의 목표는 이상적인 남성이나 의만한 부부 관계가 아니라 오로지 결혼하는 것이었다. 고등 고육을 받았지만 가난한 젊은 여성에게 결혼은 부끄럽지 않게 먹고 살 수 있는 유일한 수단이었다. 행복을 얻으리라는 보장은 희박하더라도 그것은 지긋지긋한 가난에서 벗어날 수 있는 가장 만족스러운 길이었다. 그토록 희망하던 일을 그녀는 이루어 낸 것이다. 더구나 스물일곱 살이 될 때까지 한 번도 미인이라는 말을 들어 보지 못한 그녀로서는 과분하다고까지 할 수 있었다. 다만 누구보다도 돈독한 우정을 쌓아 왔던 엘리자베스가 당황할 것이라는 사실이 마음에 걸렸다. 엘리자베스는 매우 놀랄 것이고, 그녀를 나무랄지도 몰랐다. 그렇다고 해서 그녀의 결심이 흔들리지는 않겠지만, 친구의 비난을 받는 것은 기분 좋은 일이 아니었다. 그녀는 자신이 직접 이 소식을 엘리자베스에게 알려야겠다고 생각했다. 그래서 콜린스에게 롱본에 가더라도 절대 이 일에 대해 말하지 말라고 신신당부했다. 그는 그러겠다고 했지만, 그 약속을 지키기가 그리 쉬운 일은 아니었다. 콜린스가 롱본으로 돌아오자, 사람들은 앞다투어 오랫동안 외출한 이유를 물었다. 그는 대답을 피하고자 꽤 힘든 요령을 발휘해야 했다. 또한 그는 자신의 청혼이 성공했다는 것을 너무 자랑하고 싶었지만, 그 욕망을 자제하느라 애를 먹었다.

그는 다음 날 인사를 나누기에는 너무 이른 새벽에 떠날 예정이어서 잠자리에 들기 전에 여인들과 일일이 작별 인사를 했다. 베넷 부인은 그가 롱본에 다시 올 일이 있다면 언제든 기쁜 마음으로 맞아 주겠다고 더없이 공손한 태도로 말했다.

"그렇게 말씀해 주시니 정말 고맙습니다. 저도 내심 그렇게 말씀해 주시기를 바라고 있었지요. 되도록 이른 시일 안에 그런 기회를 만들어 보겠습니다."

콜린스의 대답에 가족 모두는 일제히 놀랐다. 그가 그토록 빨리 재방문하는 것을 절대 원하지 않은 베넷 씨가 다급하게 물었다.

"물론 그러면 좋겠지만, 캐서린 부인의 허락을 받는 게 쉬운 일은 아닐 텐데. 괜히 그분의 심기를 불편하게 하지 말고, 차라리 친척들과 조금 거리를 두는 게 낫지 않겠어요?"

"이토록 자상하게 염려해 주셔서 감사드립니다. 그리고 저는 적어도 중대한 행동을 할 때는 캐서린 부인의 동의 없이 진행하지 않는다는 것도 믿어 주시기를 바랍니다."

"신중하게 처리해야지요. 부인의 노여움을 사면 안 되니까요. 만약 다시 우리 집에 왔다가 캐서린 부인이 이 사실을 알고 화내시기라도 한다면……. 그럴 가능성이 커 보이니 가만히 집에 있는 게 낫지 않겠어요? 우리야 사정을 다 아니 서운해하지 않을 테고."

"이렇게나 친절하게 배려해 주시니 몸 둘 바를 모르겠습니다. 하트퍼드셔에 머무는 동안 가족분들이 제게 베풀어 주신 호의에 감사하는 편지를 곧 쓰도록 하겠습니다. 물론 금방 만날 수 있을 것 같지만요. 모두에게 건강과 행복을 빈다는 말을 전하겠습니다. 물론 엘리자베스 양한테도 말이지요."

여인들은 인사하고 돌아갔지만, 그가 금방 다시 을 수도 있다는 생각에 적잖이 놀란 눈치였다. 베넷 부인은 그가 자신의 딸 중 누군가에게 청혼하기 위해서 다시 돌아오는 것이라고 생각했다. 그리고 메리라면 그의 청혼을 받아들일 수도 있겠다고 여겼다. 실제로 메리는 다른 딸들보다 콜린스의 재능을 높이 평가했고, 그의 생각이 종종 올바르다고 생각했다. 만약 메리가 자기보다 덜 똑똑한 콜린스와 결혼한다면 독서나 모범적인 행동을 통해 그가 발전하는 데 이바지할 수 있을 것이고, 그렇다면 나름대로 어울리는 한 쌍이 될 수도 있을 거라는 생각이 들었다. 하지만 다음 날 아침, 베넷 부인의 기대는 완전히 무너지고 말았다. 아침 식사 후 루카스 양이 찾아와 엘리자베스에게 어제의 일에 대해 이야기했기 때문이다.

엘리자베스는 콜린스가 샬럿을 사랑하고 있다고 착각할지도 모른다는 생각을 얼핏 한 적이 있었지만, 샬럿이 그에 응하리라고는 생각하지 않아서 그냥 넘어간 적이 있었다. 따라서 샬럿의 말에 너무 놀란 그녀는 품위를 지키지 못하고 큰 소리로 외치고 말았다.

"뭐라고? 콜린스 씨와 약혼했다고? 오, 샬럿! 어쩌다 그런 일이 벌어진 거야?"

비교적 침착하게 이야기하던 루카스 양은 친구의 비난에 직면하자 무척 당황했다. 하지만 어느 정도 각오했던 일이었기 때문에 이내 냉정한 태도를 되찾았다. 그녀는 담담하게 말했다.

"왜 그렇게 놀라니? 콜린스 씨가 네게 거절당했다고 해서 다른 여자에게도 그렇게 당해야 한다고 생각한 거야?"

엘리자베스는 정신을 차리려고 노력하고는 두 사람의 결혼을 축복하고, 앞으로 부디 행복하게 살기를 바란다고 말했다.

"네 기분을 모르는 건 아니야. 깜짝 놀랐겠지. 며칠 전만 해도 콜린스 씨는 너와 결혼하길 바랐으니까. 그렇지만 찬찬히 생각해 보면 너도 나를 이해할 수 있을 거야. 너도 잘 알겠지만, 나는 낭만적인 성격이 아니야. 지금까지 한 번도 그래 본 적이 없었지. 내게는 단지 안락한 가정이 필요해. 콜린스 씨의 성격과 사회적 지위 등을 보면, 우리도 여느 부부 못지않게 행복하게 살 수 있을 거라고 믿어."

엘리자베스는 그녀의 말을 듣고 담담하게 말했다.

"그래, 나도 그렇게 생각해."

한동안 어색한 침묵이 흐른 뒤, 두 사람은 곧 다른 가족들과 어울렸다. 하지만 샬럿은 오래 머무르지 않고 집으로 돌아갔다. 엘리자베스는 잠시 그녀에게 들은 이야기를 곰곰이 생각해 보았다. 그 사실을 현실로 받아들이기까지도 꽤 오랜 시간이 걸렸다. 그녀는 콜린스가 짧은 기간 안에 두 사람에게 청혼한 것이 황당했지만, 샬럿이 그의 청혼을 받아들였다는 것이 훨씬 충격적이었다. 엘리자베스는 샬럿의 결혼관이 자신과 다르다는 걸 잘 알고 있었다. 하지만 세속적인 이익을 얻고자 중요한 다른 것들을 모두 포기하면서 즉각 행동에 옮기리라고는 상상조차 하지 못했다. 더구나 샬럿이 콜린스의 아내가 된 모습을 떠올리는 것은 너무 힘든 일이었다. 그리고 친구가 이런 일을 저지름으로써 실망감을 안겨 주었다는 것도 그녀를 슬프게 했다. 하지만 가장 마음이 아팠던 것은 샬럿이 택한 운명의 굴레에서는 절대 행복하게 살지 못할 거라는 확신이 들어서였다.

23

엘리자베스는 어머니, 언니, 동생과 함께 있으면서 샬럿에게 들은 이야기를 해야 하는지 계속 고민했다. 그때 마침 딸의 부탁을 받은 윌리엄 경이 소식을 알리기 위해 찾아왔다. 그는 머지않아 양가가 사돈 관계가 될 것이라는 사실에 만족하며 청혼 소식을 전했다. 그 말을 들은 가족 모두는 매우 놀라며 믿을 수 없다는 반응을 보였다. 베넷 부인은 계속해서 뭔가 큰 오해가 있는 것이라고 주장했다. 또 버릇없고 촐랑대기 일쑤인 리디아는 호들갑스럽게 말했다.

"맙소사! 윌리엄 아저씨, 지금 무슨 말씀을 하시는 거예요? 콜린스 씨가 우리 리지 언니에게 청혼했다는 걸 모르시나요?"

윌리엄 경은 궁정 생활을 하면서 예의가 몸에 배어서인지 이런 푸대접에도 화내지 않았다. 그의 덕망이 높은 것은 다행스러운 일이었다. 그는 자신의 말이 사실이라는 것을 믿어 달라고 부탁하며, 그들의 주제넘은 소리를 모두 견디고 있었다.

엘리자베스는 난처한 상황에 빠진 그를 구해 주어야겠다고 생각했다. 그래서 그녀는 샬럿에게 이미 들어서 알고 있는 내용이라며 그 말이 사실임을 확인시켜 주었다. 그러고는 어머니나 동생들이 더는 말하지 못하도록 윌리엄 경에게 축하 인사를 전했다. 제인도 곧 엘리자베스의 뜻을 따랐다. 엘리자베스는 두 사람이 행복할 것이고, 콜린스의 성품이나 헌스퍼드가 런던에서 멀지 않다는 이야기 등을 늘어놓기도 했다.

베넷 부인은 너무나 큰 충격을 받아 윌리엄 경과 제대로 이야기를 나누지 못했다. 그가 집에서 나가자, 그녀의 묵혀둔 감정이 폭발했다. 일단 그녀는 윌리엄 경의 말을 여전히 믿을 수 없다고 주장했다. 콜린스가 속은 것 아니냐는 말도 했다. 또 설령 두 사람이 결혼한다고 해도 그들은 절대 행복할 수 없을 것이라며 혼담이 깨질 수도 있다고 말했다. 그러다가 베넷 부인은 두 가지로 생각을 축약했다. 하나는 엘리자베스의 행동이 화근을 만들었다는 것이고, 다른 하나는 모두가 자신을 너무 함부로 대한다는 것이었다. 그녀는 온종일 이 두 가지만을 되뇌었다. 그 무엇도 그녀에게 위안이 되지 못했고, 어떤 말로도 그녀의 감정을 가라앉힐 수 없었다. 그날 하루로는 그녀의 감정이 풀리지 않았다. 베넷 부인은 무려 1주일 남짓 엘리자베스가 눈에 띌 때마다 화를 냈다. 윌리엄 경과 루카스 부인과의 사이가 어느 정도 회복되기까지는 한 달 정도가 걸렸다. 하지만 샬럿을 이해하고 용서한 건 여러 달이 지나서였다.

베넷 씨는 이 일을 오히려 유쾌하게 생각했다. 왜냐하면 제법 현명하다고 생각했던 샬럿이 자기 아내만큼이나 어리석고 자기 딸보다도 훨씬 모자란다는 사실을 알게 되었기 때문이다.

제인은 이 사실을 알고 처음에는 다소 놀랐지만, 이제는 그들의 행복을 기원한다는 말을 더 많이 했다. 엘리자베스는 그럴 가능성이 희박하다고 말했지만, 그녀는 그렇게 생각하지 않는 듯했다. 키티와 리디아는 루카스 양이 하나도 부럽지 않다고 말했다. 목사와 결혼하는 것이 좋을 리가 없다고 생각했기 때문이다. 그들에게 이 사건은 그저 메리턴에 퍼드릴 이야깃거리 정도에 불과했다.

루카스 부인은 딸이 좋은 곳에 시집가게 된 기쁨을 보란 듯이 베넷 부인에게 자랑했다. 그녀는 이전에 당한 수모를 갚으려는 듯 평소보다 더 자주 롱본을 방문해 자신이 지금 너무나 행복하다는 사실을 자랑했다. 베넷 부인의 뾰로통한 표정과 암상궂은 대꾸도 그녀의 기쁨을 앗아 가지는 못했다.

엘리자베스와 샬럿은 이 문제에 대해 이야기하는 것을 암묵적으로 자제했다. 엘리자베스는 예전처럼 샬럿과 지내지는 못할 것으로 생각했다. 반면 샬럿에 대한 실망 때문인지 제인에 대한 애정은 한층 깊어졌다. 제인의 정직하고 우아한 성품은 신뢰하기에 충분하다고 느꼈기 때문이다. 한편 빙리가 떠난 지 1주일이 되었는데도 돌아온다는 소식이 들리지 않자, 엘리자베스는 언니에게 신경이 쓰이기 시작했다.

제인은 캐롤라인에게 답장을 보내고 회신을 기다리고 있었다. 콜린스가 베넷 씨에게 보내겠다던 감사 편지는 화요일에 도착했다. 그 편지에는 마치 1년 정도 신세를 진 것처럼 정중한 감사의 말이 빼곡하게 적혀 있었다. 그렇게 해서 스스로 만족감을 느낀 콜린스는 더없이 열렬한 표현을 써 가며 자신이 루카스 양의 사랑을 얻게 되었음을 알렸다. 이어서 콜린스는 롱본에 다시 오기를 바란다는 베넷 집안의 부탁을 기꺼이 받아들인 것은 오롯이 루카스 양과 재회하는 기쁨 때문이라며, 2주일 후 월요일에 다시 방문할 수 있다고 말했다. 그리고 캐서린 부인도 자신의 결혼을 흔쾌히 승낙하면서 가능하면 빨리 결혼식으로 올리라고 했는데, 이는 자신이 세상에서 제일 행복한 남자가 되는 일인 만큼 샬럿도 충분히 받아들일 것이라고 덧붙였다.

이제 콜린스가 하트퍼드셔를 방문하는 것은 베넷 부인에게 즐거운 일이 아니었다. 그녀는 남편보다 한술 더 떠서 잦은 불평불만을 늘어놓았다. 그녀는 그가 루카스 씨 집으로 가지 않고 롱본으로 오는 것 자체가 말이 안 된다, 그것은 서로 불편하고 매우 성가신 일이다, 게다가 자신의 건강이 좋지 않을 때 그를 맞이해야 한다는 것이 마음에 들지 않는다, 연애질이나 하는 남녀를 보는 것은 끔찍하다 등의 말을 중얼거렸다. 하지만 이런 불만도 빙리가 여전히 돌아오지 않고 있다는 사실에 비하면 별것 아니었다.

제인과 엘리자베스 역시 이 문제를 걱정하고 있었다. 그가 올겨울에는 네더필드로 돌아오지 않을 것이라는 소문만 메리턴에 퍼졌을 뿐 다른 이야기는 전혀 들을 수 없었다. 베넷 부인은 그런 소문을 들을 때마다 터무니없는 말이라며 화내는 것도 잊지 않았다.

엘리자베스의 걱정은 점점 커졌다. 제인에 대한 빙리의 애정이 식었을까 봐 걱정하는 것이 아니라, 그의 누이들의 바람대로 두 사람 사이를 떼어 놓는 것에 성공한 게 아닐까 하는 불안감 때문이었다. 그녀는 이러한 생각이 제인의 행복을 사라지게 하고, 애인의 명예마저 훼손하는 것은 아닐까 해서 별다른 억측을 하고 싶지는 않았지만, 자꾸 그런 생각이 떠오르는 것까지 막을 수는 없었다. 빙리의 두 누이와 영향력이 센 친구가 같이 공세를 퍼붓고 다아시 양의 매력과 런던 생활의 만족감까지 더해진다면, 그의 사랑이 아무리 건실하다 하더라도 당해 낼 재간이 없겠다는 생각이 그녀를 초조하게 만들었다.

물론 초조함과 고통스러움은 제인이 더 크게 느꼈다. 하지만 그녀는 자신의 감정을 잘 드러내지 않는 성격이어서 엘리자베스와 이야기를 나눌 때도 이 문제를 언급하는 것을 달가워하지 않았다. 하지만 어머니는 반대로 시도 때도 없이 빙리 이야기를 꺼내며 걱정을 늘어놓았다. 게다가 그가 돌아오지 않는 걸 보면 자기 딸을 가지고 논 것이라며 제인을 몰아붙이기까지 했다. 만약 제인이 참을성 있고 온순한 성격이 아니었더라면 그런 공격을 견디기는 힘들었을 것이다.

콜린스는 그가 말했던 대로 정확히 떠난 지 2주일이 지난 월요일에 다시 롱본을 방문했다. 하지만 처음만큼 환대를 받지는 못했다. 그래도 그는 행복에 젖어 있었기 때문에 큰 문제가 되지는 않았다. 연애에 빠진 그가 롱본 가족들과 어울릴 시간이 줄어든 것은 도리어 다행이었다. 그는 날마다 루카스 씨 집을 찾아가 대부분 시간을 보냈고, 때때로 가족들이 잠자리에 들기 전에 롱본으로 돌아와 오랫동안 외출해서 죄송하다는 말을 건네기도 했다.

베넷 부인은 정말 끔찍한 심정이었다. 그녀는 콜린스의 결혼에 대해 누가 이야기라도 꺼내면 기분이 나빠지고 심하게 괴로워했다. 그런데 가는 곳마다 그 말을 듣게 되어서 미치기 일보 직전이었다. 그녀는 이제 루카스 양과 마주치는 것도 싫어했다. 그녀가 이 집의 주인이 된다고 생각하면, 시기와 증오가 섞인 시선으로 그녀를 바라볼 수밖에 없었다. 심지어 어쩌다 샬럿이 놀러 오면 그녀가 이 집을 갖게 될 날을 손꼽아 고대하고 있다는 식으로 여겼다. 게다가 베넷 부인은 샬럿이 낮은 음성으로 콜린스와 대화하는 모습을 보면, 두 사람이 롱본의 저택과 토지에 대해 상의하는 중이고 남편이 세상을 떠나는 즉시 자신과 딸들을 내쫓을 것으로 확신했다. 그녀는 이러한 모든 생각을 남편에게 털어놓았다.

"여보, 샬럿 루카스라는 애가 이 집 안주인이 된다니요. 내가 그 애 때문에 이 자리에서 쫓겨나고 집을 떠나야 한다는 게 말이 된다고 생각해요? 정말 기가 막혀서 어찌해야 할지 모르겠네요."

"여보, 왜 이렇게 비관적으로 생각하오? 더 희망적인 방향으로 생각해 봅시다. 어쩌면 내가 당신보다 오래 살 수도 있지 않소."

하지만 베넷 부인을 달래기에는 역부족이었다. 그녀는 그 말에 대꾸하는 대신 같은 불평을 계속 쏟아 냈다.

"우리 재산이 그들한테 한순간에 넘어간다고 생각하니 너무 끔찍해요. 한정 상속만 아니라면 그래도 이 정도는 아니었을 텐데."

"그럼 어떻게 되든 걱정할 게 없었을까?"

"그것만 아니었다면 이렇게 걱정하지는 않았겠지요."

"당신이 그렇게 무감해지지 않은 것만 해도 무척 다행이군."

"하지만 저는 한정 상속에 관련한 일은 조금도 호의적으로 생각할 수 없어요. 남에게 우리 재산을 빼앗긴다니……. 양심이 조금이라도 있다면 그렇게 할 수는 없어요. 정말 이해할 수가 없군요. 콜린스 씨 같은 작자가 왜 우리 재산을 가져야 하느냐고요."

"대답은 당신 스스로 내리는 게 좋겠소." 하고 베넷 씨가 말했다.

생각뿔 세계문학 미니북 클라우드 라이브러리는 계속 출간됩니다.
*** 근간 목록은 발간 순에 따라 변경될 수 있습니다.

옮긴이 | 안영준

고려대학교 국어국문학과를 졸업했다. 공립 중등국어교사로 8년 동안 근무했으며 대치동에서 논술 전임강사로 활동하기도 했다. 현재는 1인 지식 창업 및 책 쓰기 코칭을 하며 영한 번역을 하고 있다. 옮긴 책으로는『1984』,『데미안』,『위대한 개츠비』,『노인과 바다』,『동물농장』,『오만과 편견』 등이 있다.

해설 | 엄인정

국민대학교 국어국문학과를 졸업하고 동 대학원에서 국어교육학을 전공했다. 현재 단행본 편집과 영한 번역 업무를 병행하며 프리랜서로 활동 중이다. 옮긴 책으로는『데미안』,『톨스토이 단편선』, 『오만과 편견』,『카프카 단편선』,『그리스인 조르바』 등이 있다.

오만과 편견 1

1판 1쇄 발행 2018년 8월 20일

지은이 제인 오스틴
옮긴이 안영준
해설 엄인정
펴낸이 생각투성이
편집 안주영, 이한준
디자인 생각을 머금은 유니콘
마케팅 김사랑

발행처 생각뿔
주소 서울시 서초구 반포동 66-1 코웰빌딩 102호
등록번호 제233-94-00104호
전화 02-536-3295
팩스 02-536-3296
커뮤니티 www.facebook.com/tubook2018(페이스북)
e-mail tubook@naver.com
ISBN 979-11-964400-4-6(04840)
　　　　979-11-964400-8-4(세트)

생각뿔은 '생각(Thinking)'과 '뿔(Unicorn)'의 합성어입니다.
신화 속 유니콘의 신성함과 메마르지 않는 창의성을 추구합니다.